ツバサの脱税調査日記

大村大次郎

幻冬舎文庫

プロローグ

そのことに人はなかなか気づかない。

立場が違えば、正義も違う。

この二つに絶対的な違いはあるのだろうか？

「正しいこと」と「悪いこと」

ほとんどの人は目の前のことで精いっぱいだ。
「自分のやっていることは正しいのだ」
と自分に言い聞かせながら、
お金をもらうこと、褒められることだけを必死に追い求める。

だけど、何かのはずみで思考がフラットになったとき、
ふと疑問を抱くことがある。

「この仕事はいったい誰の役に立っているのか？」

「自分のやっていることに本当に正義はあるのか？」

と。

目次

ツバサの脱税調査日記

第一章　特別調査班

まだ午前十時前なので駅前商店街の人通りは閑散としている。

「堂上《どうのうえ》寿司店」の向かいにある駐車場に、二台の車がものものしく入ってきた。

そのうちの一台から、ベージュのコートを羽織った長身でやせ形の男が降りてきた。

この男は、南町税務署の「特別調査班」の立花上席調査官である。

三十八歳というのに、頭には白いものがかなり交じっている。

そのグレーの髪は中年にしては少々長めで、小泉純一郎のような髪型である。目はギョロリとしていて、全体的にオーケストラの指揮者か、気難しい芸術家を思わせる。

ただ、この男は、本編の主人公ではないので、感情移入をしていただかなくても差し支えはない。

ちなみに上席調査官の「上席」というのは、調査官の中で一定のキャリアを積んだ人のことである。といっても税務署の調査官は一定の年齢に達すれば、ほぼ誰でも上席調査官になれるので、他の調査官よりは少し年齢が上だというだけのことでもある。

この立花上席は、今から「堂上寿司店」の税務調査を始めようとしている。いや、立花上席が調査を始めようとしている、というより、南町税務署の「特別調査班」の調査が始まろうとしているのだ。

立花上席は、この特別調査班のチーフなので、斬《き》りこみ隊長の役割を担っていたわけだ。


堂上寿司店は、この近辺では老舗《しにせ》の寿司店である。

カウンター越しに職人が寿司を握るこぢんまりとした店ではなく、テーブルが五十卓もあるファミリーレストランっぽいつくりになっていた。

値段は寿司店にしてはリーズナブルで、「美味しいお寿司を食べにいく」というより、「ちょっと外食でもしようか」という家族連れが訪れる店だった。近隣に回転寿司店がないこともあり、けっこう繁盛していた。

立花上席は準備中の札がかかった店に、躊躇《ちゅうちょ》せずに入った。

「お客さん、まだ準備中です！」

従業員が驚いて出てきた。

立花は従業員に胸ポケットから手帳らしきものを取り出した。それは調査官の身分証だった。

「南町税務署の立花と申します。税務調査に伺いました。経営者の方はどちらにいらっしゃいますか？」

従業員は、立花の様子にただならぬ気配を感じたようで明らかに動揺していた。

「あ、社長ですか。今、呼んできます！」

そう言って慌てて店の奥に走っていった。

しばらくすると、やせぎすの初老の男が「参ったなあ」という表情で店の奥から出てきた。経営者の堂上である。

立花は、堂上を見てきわめて事務的に言った。

「あ、社長さんですね。今から税務調査をやらせていただきます」

堂上は、「ふー」と大きなため息をついた。

「おととし来たばかりなのに、またですか？」

「税務調査を行う間隔は、特に決められていません。毎年来る可能性もあります。とりあえず、調査を開始しますよ」

立花の口調は丁寧だが、有無を言わさない押しの強さがあった。

彼は、一旦、店の外に出て、二台の車に向かって合図をした。

すると二台の車から五人の調査官たちが一斉に飛び出し、店舗内にどやどやと入っていった。

彼らは、南町税務署の「特別調査班」の面々である。

「特別調査班」とは、税務署の中で特に優秀な調査官が集められた、いわば税務調査のスペシャルチームである。

みな口数は少なく、目はらんらんと光っている。まるで獲物を捕まえにかかっている肉食獣の群れのようである。

経営者の堂上は、その迫力にすっかり飲まれ、なす術《すべ》もないという感じで、呆然《ぼうぜん》とその様子を見送っていた。

税務調査というと、「マルサ」をイメージする人も多いだろう。

伊丹十三監督の映画「マルサの女」以来、国税のマルサというのは、すっかり有名になった。そして一般の人は、このマルサと税務署をイコールで見ているようである。が、税務署の仕事と、マルサの仕事はかなり違う。

マルサというのは、正式には国税局調査査察部のことである。脱税の容疑がある納税者に対して、裁判所の許可を持って、強制的に調査をする部門だ。

しかし、税務調査全体をマルサが担っているわけではない。マルサの案件は、国税全体の案件の一％以下に過ぎない。税務調査のほとんどは、マルサではなく、税務署の調査官たちが行っているのだ。

国税の組織は、国税庁を頂点にして、その下に全国の十二か所に国税局が置かれている。その国税局の下に全国五百二十四の税務署がある。そして税務行政における「現場の事案」の九十％以上は、税務署が担っている。国税庁や国税局は、税務署では扱えないような広域事案、大型事案を扱うのだ。

マルサは税務署ではなく、国税局に設置された部署である。税務署から集められた情報をもとにして、悪質で巨額な脱税者だけをピックアップし、裁判所の許可を取った上で強制的な調査をするのである。

また、マルサは、「強制調査」という強い権限を持たされているので、ドアをぶち破ったり、天井や床下をはがして、脱税の証拠を見つけることができる。映画やテレビドラマでも、そういうシーンが時々あるので、ご存知の方も多いだろう。

税務署の税務調査でも、同じようなことをしているのかというと、それは違う。税務署の税務調査は、納税者の同意のもとに行われる「任意調査」である。何を見るにも、何を調べるにも、納税者の同意が必要となる。

たとえば、税務調査を始める際も、「税務調査をさせてください」と打診して許可を得なければならない。金庫を開けたり、帳簿を見る際にも、「これを開けていいですか？」「帳簿を見せてください」と、納税者にいちいち断りを入れなくてはならない。

もちろん納税者側は、自分の都合の悪いものを素直に見せるはずはない。

だから税務署の調査官たちは、納税者をうまく誘導して、脱税の端緒を探し出さなくてはならない。より多くの智恵というか、手練手管が必要とされるのだ。

今、堂上寿司店に税務調査に来た面々というのは、マルサではなく、「税務署」の調査官たちなのである。

店内に突入していく調査官たちの中に、少女のような容貌の女性調査官がいた。岸本翼《つばさ》二十歳である。

他の調査官はみな男性で、しかも三十代から四十代に見受けられるので、彼女の存在はひと際目を引いた。まるでインターンの学生が紛れ込んでしまったようにも見える。

しかし、彼女もれっきとした特別調査班のメンバーである。

その高度な調査手腕を買われ、南町税務署史上、最年少で特別調査班に抜擢《ばってき》されたのだ。

百五十センチに満たない背丈に、卵のような輪郭の童顔。目鼻立ちは整っているが、顔全体のパーツがまだ大人になりきっていない。

ハムスターに似ているので、高校でのあだ名は「ハム」だった。

髪はショートボブ。若い同僚は「綾波レイっぽい」などといい、エヴァンゲリオンを知らないおじさん世代の口の悪い連中は、「ゲゲゲの鬼太郎」などとからかった。

胸は薄っぺらで、体型的にも「大人の女性」という感じはない。

女子高生だと言っても誰一人微塵《みじん》も疑わず、女子中学生だと言っても十人中七、八人は信じてしまう。

しかし、眼だけはいかにも意志の強そうな光を放っていた。

彼女が税務調査に来ると、調査先の経営者たちは決まって驚いた表情をする。

「あなた、何歳ですか？ こんなに若くて、税務署に入れるんですか？」

と。

そして、ほとんどの経営者は、翼のふんわりとして屈託のない笑顔に、気持ちをほだされ鼻の下を伸ばす。

しかし彼女の方は、〝非情〟にしたたかだった。

自分が童顔でそれなりに可愛いこと、自分に対して男たちがどういう反応をするかをよく知っていて、それを利用する術を心得ているのだ。

調査官というのは、相手が言いたがらないことをうまく聞き出すのが、重要な仕事である。当然のことながら、脱税をしている人は、なかなか口が堅いし、自分の事業やお金に関することは話したがらない。

そういう相手に対し、翼は、女子高生が大人に質問するような無垢《むく》な表情で、核心部分を尋ねるのだ。

「社長、どうやったらこんなに売れる商品がつくれるんですか？」

経営者たちも相手が「女子高生」なので、無防備に大事なことを話したり、税務署には隠さなければならないような儲《もう》け話、自慢話もしてしまう。

「実は、この商品をつくるためには、資金不足で倒産しかけたこともあったし、人に騙《だま》されたこともあって苦労したんだ。でも今では、この商品だけで年間六億円も売れるんだ」

という具合に。

翼はそれを手掛かりにして、脱税を見つけ出す。

「年間六億円の売上？　それにしては、ちょっと申告納税額が少ないですね」

つまりは、男たちのスケベ心を巧みに利用し油断させておいて、深度のある税務調査を行ってきたのだ。

そして調査官一年目にして税務署で断トツの調査成績を挙げたので、二年目の今年は特別調査班に召集されたのだ。

特別調査班には、税務署の調査官のうち、もっとも調査がうまいとされる調査官が集められる。そして、税務署の管轄内でもっとも手ごわいと思われる納税者に対して税務調査を行う。

だから、特別調査班のメンバーたちは、高いプライドを持っている。

また特別調査班というのは、若手調査官の登竜門的な場所でもある。

ここで結果を出した者は、国税局の査察部門（マルサ）や、資料調査課、法人税課などの出世部署に引っ張られるのだ。

この特別調査班というのは、「抜き打ち調査」の専門のチームでもある。

税務署の税務調査は、大まかに言って二つの種類がある。

「抜き打ち調査」と、「事前通知する調査」である。

前に述べたように、マルサ以外の税務調査はすべて、納税者の同意を得て行われる「任意調査」である。

納税者の同意のもとに行われるということは、普通に考えれば抜き打ち調査などは行えないはずだ。

しかし、「任意調査」であっても抜き打ちの調査を行うことがある。そこが税務行政のちょっと微妙なところでもある。というのも現金商売などの調査では、任意調査でも抜き打ち的に行うことが認められているのだ。

飲食店などの現金商売では、売上金をそのままポケットに入れて、伝票なども破棄してしまえば、そのまま脱税が成立してしまう。彼らに事前に税務調査の予告をすると、脱税の証拠を完全に隠されてしまい、税務署としては手立てがなくなる。

そのため、裁判所の判例でも、現金商売者などの場合は、無予告で税務調査ができることになっているのだ。

だから、今回の堂上寿司店の税務調査も、当然、抜き打ち調査なのである。

この抜き打ち調査では、まず事前に「内偵調査」を行う。

内偵調査というのは調査官が事前に客を装って店に入り、店内の状況を確認するものだ。

そのときに注文した伝票に、印などをつけておくこともある。調査時にその伝票が保管されていなければ、その店は伝票を破棄し、売上を抜いているという可能性が高くなる。

抜き打ち調査を行う場合は、相手がどういう業種であっても必ずこの内偵調査を行う。だから、調査官たちは風俗店に客として行くこともあるし、ラブホテルに男女の調査官がカップルを装って入ることもある。

内偵調査は、調査の中で非常に重要なものである。この内偵調査の結果如何《いかん》が、調査全体の趨勢《すうせい》を決めるとさえ言われている。

売上はどのくらいあるのか？

客の単価は？

レジや経理の処理に不透明なところはないか？

そういう情報をなるべく多く集め、事業者が提出している申告資料と照合する。そして、脱税をしているかどうかを判断するのだ。

抜き打ち調査というのは、事業者の事業活動に大きな打撃を与えるものであり、必然的に事業者から恨みを買うことになる。だから、税務署としては、慎重にターゲットを絞らなくてはならず、ある程度、脱税をしているという目星がついた事業者に対してのみ行うことになる。

もし目星がはずれれば、脱税をしてもいない事業者に手荒い税務調査を行うことになる。つまりは誤爆である。そうなれば税務署としてのメンツは丸つぶれであり、納税者は税務行政に大きな不信を抱く。

そのため税務署では、抜き打ち調査をする前には、入念に内偵調査を行うのだ。

特別調査班のチーフの立花上席などは、「内偵調査の鬼」と言われた人物である。たとえば、立花上席の内偵調査事案でこういうことがあった。

ターゲットは、とある居酒屋だった。

立花上席は、その居酒屋に半年ほどかけて自費で通いつめ、店の大将とおかみさんからも常連客と認められるほどになっていた。

普通、内偵調査というのは、一回か二回しかしないものであり、その経費も税務署の調査費から出される。立花上席のように、長い期間をかけて自費で行うようなことはしない。

内偵調査では、店側にいかに不自然に思われないかが重要なポイントとなる。飲食店というのは、常に税務署を警戒しているものだからだ。

目つきの鋭い一見客《いちげん》などが来れば、店側は「こいつは税務署じゃないか」と疑う。そういう客がいる日には、きちんと売上を計上するものである。特にこのときのターゲットの居酒屋は、慎重な税務署対策をしており、なかなか尻尾を出さなかった。

その防御網をかいくぐるために、立花上席はわざわざ常連客となり、相手の警戒心を解かせたのである。そして半年かけて、その店の客の入り具合、客単価などを入念に調べ上げ、脱税の確証を摑《つか》んだ。

後日、この店に、抜き打ちの税務調査が行われたとき、その中には立花上席調査官もいた。大将とおかみさんはマンガのように目を丸くして、立花上席を凝視し、しばらく口を利けなかった。おかみさんがようやく「あなた、税務署員だったの？」と話しかけても、立花上席は黙殺し、初めて接するかのように冷徹に調査を行ったという。


今回の堂上寿司店の税務調査でも、もちろん事前に内偵調査が行われていた。

二週間前、チーフの立花上席調査官と、彼と同年配の女性の田中上席調査官、それに翼が店舗に客として潜入していたのだ。

立花上席が父親、田中上席が母親、翼が娘という「家族」設定になっていた。

内偵調査では、そういう小芝居をすることもある。

立花上席と翼は実際には親子ほどの年齢差はないが、立花上席は三十八歳だが少々歳を取って見え、翼は二十歳だが女子高生くらいにしか見えない。

田中上席は、実際に中学生の娘さんがいるママさん調査官である。税務署は育児休暇などが充実しているので、こういうママさん調査官はけっこういるのだ。

田中上席は、いかにもお母さんという優しい雰囲気を持っている。

だから、三人は親子と言ってもまったく不自然には見られなかった。

内偵調査の日、翼は言われてもいないのに、高校の制服を着てきた。

「制服着るの久しぶり」

と言いつつ、かなり楽しんでいる様子だった。

「なんだそれは？」

と立花上席が半ば怒りつつ尋ねると、

「女子高生になった方が、怪しまれないでしょう」

と平然としていた。

立花上席は、「コスプレやってんじゃないんだぞ」と呆《あき》れていた。

確かに変装した方が、内偵調査はうまく行きやすい。「調査官が来た」ということが、店側にばれれば、内偵調査は台無しである。なるべく調査官に見られないように工夫した方がいい。

しかし、これほど本格的に変装をする調査官など、かつていなかった。古い調査官から見れば、遊んでいるようにしか思えない。

翼は堂上寿司店に入ると、メニュー表を見ながら「これとこれとこれ」「あ、これも食べていい？」などと遠慮なく注文していた。

内偵調査の費用は、税務署から出る。

だから、お金の心配はする必要がない。しかし男性調査官は、税務署の予算を使うのだから、なるべく安く済まそうという意識が働く。使った費用の詳細は署に提出しなくてはならないし、いくら仕事とはいえ、上司から「お前、こんなに食べたのか？」とは思われたくない。

が、女性の場合、その逆らしい。

予算があるのなら、できるだけ使おうということになる。

翼につられてか、母親役の田中上席も大胆に高額のものを注文し始める。翼は、デザートまできっちり注文していたので、立花上席は冷や冷やしていた。

翼は、頼んだものが来るたびに、「美味しそう」「このエビ、ヤバくない」などと言いながら写メを撮る。

（こいつ内偵調査をなめていやがる）

内偵調査の鬼と呼ばれた立花上席は、内心、苦々しく思いながらも、懸命に店を観察していた。内偵調査は、記憶力の勝負でもある。店内でメモを取ると不自然だからだ。

立花上席の必死の努力をよそに、翼は徹底的に食事を楽しんでいる。

彼らは親子という設定だったので、「親子の会話」もすることになっていた。

翼が中心になって、

「のっこがさあ、免許取るって。私も取りたいなあ」

「今度、アイフォンの新しいのが出るんだよ。欲しいなあ」

などと娘のような話をする。

田中上席も、「この前、買ったばかりじゃない」などと母親になりきって応じる。立花上席も、それに負けじと「お前、ちゃんと勉強しているのか」と父親役を演じようとすると、翼は黙殺し、携帯をいじり出した。

その様子は、まるで本当に女子高生の娘のようだった。


内偵調査の翌日、翼はいち早く、内偵調査報告書を提出した。

それを見て、立花上席は舌を巻いた。

店の活況具合、店内のテーブル数、椅子の数ばかりではなく、十五分ごとの来店者数、客の頼んだメニューなどの情報が詳細に記され、店内の様子がばっちりわかる写真も数枚添付されていた。

翼は女子高生然として噂話《うわさ》をしたり、携帯をいじったり、写メを撮ったりしながら、完璧すぎるほどの内偵調査を行っていたのだ。

ベテランの調査官でも、こうも見事な内偵調査はできない。

というより、ベテラン調査官では、携帯で料理の写メを撮りながら店内の様子を撮影するなどという芸当はとてもできないし、携帯をいじるふりをして細かい情報を記録するようなこともできない。

翼が「税務調査の天才少女」と言われるゆえんだった。

この報告書のおかげで、特別調査班は、堂上寿司店のことが手に取るようにわかった。翼の報告書のデータから概算すれば、申告されている売上額は少なすぎる。「売上を抜いている」のは間違いない。

もう今回の調査は成功したも同然だった。


抜き打ち調査では、「ガサ入れ」が行われる。

「ガサ入れ」というのは、事業所内の机、キャビネット、金庫などを隈《くま》なく調べる調査のことだ。

正式には現況調査と言う。

納税者の同意を得て行われる「任意調査」のはずなのに、ガサ入れを行うというのは、いささか矛盾がある。が、ここにも税務行政の微妙な部分があるのだ。

というのも税務署の調査官には、ある強い特権が与えられている。

それは「質問検査権」というものである。

質問検査権というのは、調査官は、「税金に関する限り、どんな人に対してどんな質問をしてもいい」という権利なのである。すべての国民は、この質問に対して受忍する義務がある。しかも、調査官の質問に対して「黙秘権」は与えられていないのだ。もし知っていることを答えなかったり、嘘《うそ》の回答をしたりすれば、それ自体がペナルティーの対象になる。見方によっては、警察の捜査権よりも強力な権限である。

税務署は、この質問検査権をできうる限り拡大解釈し、抜き打ち調査のときには、形ばかりの了解をとって、店舗や事務所の中を洗いざらい調べまくるのである。

このガサ入れ調査は、少なくとも三人、多いときには数十名でチームを組んで行われる。

事業者側に証拠品を隠すなどさせないために、店の中の人の動きを厳重に監視しておかなくてはならない。

監視をしつつ、隈なく調査をするのだ。

そのため各人に、店舗担当、経営者担当、見張り役、ゴミ収集担当などが割り振られる。

チーフの立花上席調査官とベテランの倉田調査官が、店舗を洗うことになっていた。

翼は、経営者の居室を任されていた。

店の二階には、経営者の居室があった。経営者の自宅は別にあったが、営業が遅くなったときなど時々、寝泊まりしているらしい。

四畳半ほどのスペースに、洗濯物や、段ボール箱などが所狭しと雑居し、ベッド代わりなのか、一畳ほどのマットが置かれていた。

一見、何の変哲もない物置兼控室的な場所だったが、翼は、部屋の隅に小さい黒光りしたタンスがあるのを目ざとく見つけた。

こんな雑然とした部屋に、実は非常に大事なものが置かれていたりするものである。しかも、経営者は先ほどからその黒ダンスをチラチラと気にしているようである。

「タンスの中を見せてもらっていいですか？」

翼は、そのセリフを言い終わらないうちに、すでに一番上の引き出しに手をかけていた。

前にも触れたように、税務署の調査は任意調査である。

何をするにも、何を調べるにも、納税者の同意を得なくてはならない。

しかし、全部、同意を待っていたのでは、税務署としては仕事にならない。

だから、税務署は、相手がよく考える前にすでに行動を起こし、相手に拒否をする暇を与えないという手法をよく使う。

翼が、引き出しの取っ手に素早く手をかけたのも、つまりはそういうことなのである。

経営者としては、「引き出しの中身を見ないでくれ」と言えば、何か隠しているんじゃないか、と疑われるという危険もある。だから、その場の空気に飲まれ、なんとなく容認してしまうのだ。

引き出しは三段あった。

まず一段目を開けると、下着などが入っていた。

二段目には、ハサミやガムテープ、懐中電灯などが押し込まれていた。

三段目の引き出しに、翼が手をかけようとしたとき、経営者が声を上げた。

「そこだけは開けないでもらえませんか？」

翼は聞こえないふりをした。

「開けないでくれ」ということは、ここに見られては困るものが入っているということとである。

（ここに隠し口座の通帳か何か大事なものが隠されている！）

翼は、心の中で「にやり」としながら、思い切って取っ手を引っ張った。

それを見て、経営者は宙を仰いだ。

が、そこには……


アダルトビデオがはみ出さんばかりに詰め込まれていた。


「あった、ありました！」

横田調査官の野太い声がした。

店のゴミの中から、捨てられた伝票を発見したらしい。

税務調査では、ゴミ箱の中も調べる。前日に出したゴミが、ゴミ置き場に残っていれば、それも回収する。中を開けて、ゴミの一つ一つをチェックするのだ。

ゴミ箱の中は、脱税の情報がいっぱいなのだ。

たとえば、飲食店が売上をいくらか除外していたとする。税務署の用語で「つまみ申告」と言われるものである。売上の一部しか申告しないから、そう言われるのだ。

こういう脱税者は、伝票やレシートなどを破棄しているケースが多い。除外した売上の伝票が残っていれば、脱税の動かぬ証拠となってしまう。そのため、除外した分の伝票は、ゴミ箱に捨てるのだ。

税務署側から見れば、ゴミ箱に捨てられた伝票を発見できれば、脱税の証拠を摑んだことになる。

もちろん税務署員といえども、ゴミ箱の中を漁《あさ》ったりするのは、嫌なものである。特に飲食店のゴミ箱には、生ゴミなどが大量にあるため、触ると汚れるし、ハンパない臭いがする。

そのため、ゴミ箱の担当は、もっとも若い調査官が当てられる。が、今回のゴミ担当は、翼ではなく、横田調査官だった。

本来は、特別調査班で一番若いのは翼だが、翼は一応女性ということで配慮されたのだ。

横田調査官は、特別調査班では翼の次に若い。税務署に入って五年目、翼の三年先輩である。

元高校球児で、身体はがっしりしている。俳優の佐藤隆太をほうふつさせるような好青年である。がむしゃらに突き進むいかにも「体育会系」という感じだが、数字を丁寧に分析する聡明さもあった。

五年目に特別調査班に入るというのは、かなり優秀である。翼は二年目で入ったが、それは、異例中の異例なことなので参考にならない。

もちろん調査はバツグンにうまい。国税局から「優良事績」として表彰されたこともある。優良事績というのは、その年の税務署の案件の中で、特に優秀だったとされるものをピックアップするというものである。この若さで優良事績で表彰されるケースは、そう多くはない。

調査官としてのプライドも高い。

国税というのは、先輩後輩の区分が厳しい職場である。

先輩の言うことは絶対であり、汚い仕事や面倒な仕事は、だいたい後輩がやるものと決まっている。だから、本来ならゴミ箱担当は、翼がやるべきだった。

横田としては、当然、面白くはない。

立花上席調査官にゴミ箱担当を指名されたとき、露骨に不満を口に出した。

「なんで俺が」

そして日頃、「女性扱いしないでください」と大口をたたいている翼に対して、「女性扱いしなくていいんだろう、お前がやれよ」と言ったが、翼は聞こえないふりをした。翼は、仕事で女性扱いされるのは嫌だが、ゴミ箱を漁るのはもっと嫌だった。その辺は、普通の若い女の子だった。

立花上席は、その様子を見て、

「横田、お前がやるんだ」

と念を押した。

当初、横田は「嫌な仕事は全部、俺かよ」と文句を言っていたが、結局、今回は横田の手柄となった。


堂上寿司店では、昨日の売上の一部の伝票を捨てていたのだ。

寿司店など飲食店の脱税の手口は単純なものが多い。

売上を抜くだけである。

そもそも、脱税とは何か？

サラリーマンなどから見れば、「税金を誤魔化す」などということは、あり得ないことのように思われるだろう。サラリーマンは、税金は会社から源泉徴収されているので、自分では誤魔化しようがない。

でも、世の中には、税金を誤魔化そうという人がけっこういるのだ。

サラリーマン以外の税金というのは、普通は納税者が自分で申告書をつくって自分で納付をするようになっている。

たとえば、自営業者だったら、自分で決算書をつくり、毎年、春先に確定申告書を提出して、税金を納付する。

そして、自分で申告書をつくるということは、誤魔化そうと思えば、誤魔化せるということだ。

でも、嘘の申告書を認めてしまえば、税金の公平が保たれない。

だから、税務署の調査官が申告書をチェックしたり、納税者のところに行って調査などをして、間違いを見つけ出すのだ。

では、脱税者は具体的には、どうやって税金を誤魔化しているのか？

事業者や会社が税金を誤魔化す（つまり脱税する）方法というのは、煎じ詰めれば二つの方法しかない。

売上を隠すか、経費を水増しするかである。

事業者の収入（利益）というのは、

「売上－経費」

で算出される。

だから、収入を低く見せるためには、売上を隠すか、経費を水増しするか、しかないのである。

どんな複雑な手口を使った脱税であっても、基本的にはこの二つのどちらかを行っているのだ。

そして、飲食業の場合、ほとんどが「売上を隠す脱税」をするのだ。なぜかというと、彼らは売上を誤魔化しやすい状況にいるからだ。

飲食業界は、脱税がもっともしやすい業界であり、税務当局からは「必ずなんらかの脱税をしている」とも見られてきた。

というのは、飲食業は、脱税が成立しやすい条件をもっとも満たしているからだ。

飲食業というのは、領収書を発行することが少ない。これは脱税成立条件の第一位なのだ。

領収書を発行すると、自らの収入の記録を外に出してしまうということになる。発行された領収書は、税務署の目に触れる機会も多い。だから領収書を発行する業種では、収入を隠すことは難しい。

しかし飲食業では、特にラーメン、そば、うどんなどの業種では、売上の九十％以上、領収書を切らない。領収書を発行しないということは、自分の収入を外部に知られることがあまりないということでもある。

だから「売上を誤魔化しやすい」のである。

しかも飲食店は、さらに脱税をしやすい条件を持っている。

というのも飲食店の客は、「不特定多数」の場合が多い。

「固定客」の多い業種であれば、税務署としては収入を把握しやすい。たとえば卸売業などは、顧客が限られているので、税務署は調査をしやすいのだ。顧客を回って、取引の整合性を確認すればいいからだ。

しかし、客が不特定多数であれば、それは難しい。税務署としては、顧客一人一人から、聞き取って調査するなどということは不可能である。

飲食店は、さらにもう一つの有利な条件を持っている。

飲食店は仕入れたものを、その店で調理し変形させて販売する業態なので、仕入と売上に厳密な関連性がない。

これは、脱税をする場合、非常に有利な条件となる。

他の小売業ならば、税務署が仕入の量を把握すれば、だいたいの売上が把握できる。たとえば、靴店であれば仕入れた靴の数を数え在庫を確認すれば、おのずと売上数量は判明する。

しかし飲食店の場合は、仕入を把握したからといって、売上数量には直結しない。

小麦粉の仕入数量だけで、うどんの売上を把握するのは不可能である。材料の仕入数量から、おおよその概算はできるが、「古くなった材料を捨てた」と言い訳されれば、税務署としてはそれ以上の追及はできない。

これらの有利な条件を備えているため、飲食業界の脱税は非常に多いのだ。

もちろん、税務署もそのことは熟知している。

だから、抜き打ち調査を頻繁に行っているのだ。

そして「特別調査班」など優秀な調査官たちを投入し、彼らを厳しく牽制《けんせい》しているのだ。

特別調査班のメンバーたちが、署に戻ると、渋沢統括官が満面の笑みで迎えてくれた。

「いやあ、よくやった」

統括官というのは、部門を束ねる「部門長」という立場にある。民間企業で言えば、課長というところである。

渋沢統括官は、絵に描いたような小太りの中年男性的体型をしており、腹回りは一メートルを優に超えている。目は細くて鋭いが、頭髪は、側面を残して壊滅状態となっている。しかも鼻の頭が赤い。

いつもは厳しい表情をしているが、笑うと非常に愛嬌のある顔になる。税務署のアルバイト女性の間では、キューピーちゃんとか、波平などと言われている。ノルマ主義の税務署内において、部下が「申告是認」になっても決して怒ったりせずに、辛抱強く見守り、いざとなれば的確な指示をくだすので、部下からの信頼は厚い。

「申告是認」というのは、税務調査において、申告漏れなどがまったくないことである。税務調査で「申告是認」になると、税務署のメンツがつぶれるので、調査官としてはもっとも忌避したいものである。「申告是認」になった場合、上司から厳しく叱責されることもある。

が、渋沢統括官は、部下が「申告是認」で帰ってきても動じないのだ。

税務署員というのは、上席調査官までは年功序列で誰でもなることができる。しかし、その上の統括官には、一定の人員しかなることができない。

定年まで上席にしかなれない「万年上席」という人たちもけっこういる。ポストの割合から言えば、税務署員の約半数は、万年上席ということになる。

だから、統括官というのは、一応、出世している人たちではある。

ただし、統括官にもいろいろあって、これからどんどん上に行くという人もいれば、これ以上は無理（定年まで統括官）という人もいる。

「特別調査班」は税務署の花形部署なので、これを束ねる統括官は、「これからどんどん上に行く」という場合が多い。

渋沢統括官もまだ四十三歳であり、これからもっと出世するだろうとされている。

ただし、渋沢統括官は仕事はできるのだが、お人好しの面もあり、権謀術数を使って組織の中でのし上がるようなことはできないタイプでもある。

また部下に優しい面があり、ノルマ主義を徹底していない。

そのため、出世競争の先頭からは少し遅れ気味になっていた。

が、渋沢統括官は、そういうことはまったく意に介していなかった。

彼は、

「出世したくないこともないが、出世のためにすべてを集中する気にもなれない」

というタイプだった。現場で調査の指揮を執るのが、自分に一番合っているとも思っていた。

税務職員には、そういう調査職人のような人がけっこういる。

そして、この渋沢統括官にとって、現在の特別調査班のメンバーは最強だと言えた。

転勤が頻繁にある税務署では、毎年、部門のメンバーが入れ替わる。特別調査班のメンバーも毎年、半分近くが入れ替わる。

そのため、当たりの年もあれば、はずれの年もある。

立花上席をはじめ、調査の「天才少女」翼など、今回のメンバーは、渋沢統括官が指揮してきた特別調査班の中でも、群を抜いている。

今年度に入ってから特別調査班は、不正発見率百%を保持している。追徴税額も、歴代の特別調査班の中で断然のトップである。

そして、今回もまた、大きな手柄を立ててきてくれた。

渋沢統括官の顔が緩むのも無理はないところである。

第二章　調査の天才少女

翼が国税局に入ったのは経済的な理由がもっとも大きい。

昨今では、「マルサ」に憧れて国税局に入ってくる女子も少なくない。

映画「マルサの女」以来、女性査察官が颯爽《さっそう》と活躍するのを見て、自分もそうなりたい、と思う女子も増えているのだ。

しかし、翼は、そういう甘い夢を抱いたことは一度もない。

翼は、その幼い容貌に似ず、けっこう厳しい半生を歩んできたのである。

父親は、大手商社に勤務していたが、彼女が中学生のときにリストラに遭った。プライドの高い父親は、なかなか再就職ができず、家はたちまち困窮した。

翼は家族にはなんの恨みもなかった。

父親は職を転々としながらも、酒で身を持ち崩したり、家族に暴力をふるうようなことはなかった。母親は、父を時々責めて喧嘩をしたりすることはあったが、決して見捨てたり軽蔑《けいべつ》するようなことはなかった。

翼が、恵まれない部類の生い立ちの割に、世の中に対して拗《す》ねた気持ちをまったく持っていないのは、そのおかげだと言えた。

彼女は、高校まではなんとか入ることができた。しかし大学に進学するなどは、到底無理だった。

翼には三歳年下の武という弟がいた。武は男だから大学までは出してあげたいと、両親は思っているようだった。若干、しゃくにさわったが、それも仕方がない。なんやかんや言っても、女は、いざとなれば結婚という逃げ道がある。しかし男にはそれがない。今の日本社会では、まだまだ主夫を容認するほど、男に寛容ではない。

しかも、武は翼と違って、何かにつけて要領が悪かった。大学でも出ていなければ世間を渡っていくことはできないだろう。

翼にとっても、この武のことは心配だった。幼少のときは、自分で友達と遊んだりせずに、いつも翼の後ろをついて回っていた。翼は、自分が友達と遊ぶときにいつもついてこられるのは足手まといだったので、時々、意地悪をして泣かせたりしたが、それでも翼の後ろを離れなかった。

小学校に入ると、さすがにそれはなくなったが、時々いじめられたりしているようだった。高学年の翼が、武のクラスに行ってガキ大将に焼きを入れたこともあった。

高校生になった今でも、絵に描いたような優しい草食系男子で、厳しい生存競争に勝ち抜けるような雰囲気は一切なかった。

この弟のことを考えれば、自分が大学に行きたいなどとは到底、言い出せなかった。

そこで選んだのが国税だったのだ。

国税調査官になるには、ルートは二つある。

一つは「国税専門官」の試験に受かること、もう一つは、税務職員採用試験（普通科）に受かることだ。

「国税専門官」の試験の方は、二十一歳以上の人に受験資格があり、大学卒業者を対象としている。この国税専門官試験から入った職員のことを、国税の中では「専科」と呼んでいる。

もう一つの税務職員（普通科）採用試験というのは、高校卒業程度の学力を必要とする十八歳以上の人を対象とした試験で、税務署員の間では「普通科」と呼ばれている。

この普通科は、以前は高校を卒業してすぐに入ってくる人が多かったが、最近は公務員人気を反映して、短大や専門学校を出た人も入ってくるようになった。

翼は、高校を卒業してすぐにこの「普通科」に入った。

この「普通科」に入れば、税務大学校で勉強もできて給料ももらえる。

税務大学校というのは、大学と名がついてはいるが、その実、国税職員の研修施設に過ぎない。期間もわずか一年である。しかし、税務大学校では、国税の職務に関する知識だけではなく、一般教養的な授業も少し行われている。

彼女にとっては、それも非常に魅力的だった。

それに、彼女の大好きな叔父(父の弟)が国税職員だったというのも影響した。

この叔父は、やせて眼光が鋭く、ジャーナリストの田原総一朗に似ていた。かなり若いころから髪が白く、薄くなり、父よりも老けて見えた。酒は飲めないが、一日、二箱のヘビースモーカーだった。

自分に子供がいなかったせいか、甥や姪たちには非常に優しかった。特に翼を自分の子のように可愛がってくれていた。だから翼も、実の父親よりも、この叔父の方を慕い信頼している面があった。

「国税に入りたい」

と相談すると、叔父は驚くと同時に、考え込むような表情をした。

喜ぶとばかり思っていた翼は、少々、拍子抜けした。

そして、叔父は神妙にこう言った。

「国税は決して、甘いところじゃないぞ」

「そんなことわかってるよ。これまでバイトもたくさんしてきたし、仕事の大変さは知っているよ」

「いや、わかっていない。国税の辛さは、仕事が大変とかそういうことではないんだ」

「だから、辛い仕事っていうのは、覚悟してるんだって」

「翼が、どうしても国税に入りたいんなら止めない。でも、もし途中で、嫌だと思ったら、すぐにやめるんだ」

「ふふふ……逆じゃない？　普通」

「何が？」

「普通は、嫌なことがあっても頑張って続けろって言うんじゃない？　こういうとき」

「国税の仕事は普通じゃないから、あえて言っているんだ」

このとき叔父の言っていたことが、今の翼にすべて理解できているわけではなかった。

翼は、今のところやめたくなるような嫌な思いはしたことがない。

しかし、叔父の言っていたことも、なんとなく、少しずつわかってきたような気もしていた。

国税の仕事は、きれいなことばかりではない……のだ。

国税庁、税務署の仕事というのは、税金（国税）の申告を受け付け、その申告が正しいかどうかをチェックし、不審な点などがあれば調査して修正させ、納税者を適正に指導する、というものである。

が、それは建前であり、調査官にはもう一つ別の使命が与えられている。

「一銭でも多く税金を取ること」

である。

本来、税金というのは、きちんと申告され、きちんと納付されていれば、それでOKなはずだ。

でも、税務署員の仕事はそれでは完結しないのだ。

彼らは、より多くの税金を取ることを使命としているからである。

税務署は、納税者（企業や個人事業者など）に対して税務調査を行う。

税務調査というのは、納税者の税務申告が正しいかどうかを、実際に帳票類などを調べて確認する調査のことである。

この税務調査は、本来は、申告が正しいかどうかが判明すれば、それで事足りるはずだ。

しかし、税務署員はこの税務調査において、追徴税を取ることに異様に執着する。

というより、彼らにとって税務調査の目的は、追徴税を取ることなのだ。

しかも、税務署員たちには、暗黙のノルマがある。

「お前は追徴税をいくらいくら取ってこい」

ということだ。民間企業のセールスノルマとほとんど同じである。

これは、実はおかしいことだ。

税金というのは、納税者がきちんと申告していれば、追徴税などは発生しない。税務行政の上では、納税者が適正に申告していることは喜ばしいはずだ。

しかし、税務署員たちは、追徴税のノルマがあるので、無理やりにでも追徴税を取ってこなくてはならないのだ。

このノルマの存在について、国税庁は認めていない。

確かに、明確に文書などに記されたノルマがあるわけではない。

しかし税務署員たちには、追徴税額や調査件数を一定以上こなさなくてはならない、という暗黙の了解がある。

そして、そのノルマを果たしていなければ、勤務評定に直接響くし、出世にも大きく影響する。ノルマを果たせない人は、まず出世できないし、ボーナスも少ない。

また何より、追徴税が少ない調査官は、上司や同僚から無能呼ばわりされ、精神的に追い詰められる。

実際、精神的に追い詰められた調査官が、無謀な事件を起こすこともしばしばある。

税務調査の調査報告書で、本当は追徴税などないのに、追徴税があるかのように記載し、追徴税はその調査官自身が支払う。それが後で発覚し、首になってしまう。

こういう事件は数年おきに起きて、新聞沙汰になっている。

普通、こういう事件は、国税の外に漏れる前にもみ消されるので、新聞沙汰になっているのは氷山の一角である。

一般の人から見れば、「嘘の報告書をつくって、自分で追徴税を払うなんて、なんでそんな馬鹿なことをするんだ」ということになるだろう。

しかし、国税の調査官はそこまで精神的に追い詰められているということである。税務署の中に「税金を取れない奴は人間じゃない」という異常な価値観が、確実に存在するということなのである。

毎年国税庁が発表する脱税白書にもそれは表れている。国税庁は毎年、一年間の調査事績を記した「脱税白書」を出している。この脱税白書に載っている「課税漏れ」の大半は、「期ずれ」と呼ばれるものなのだ。

「期ずれ」というのは、「本来は今期に計上されるべき売上を翌期の売上として計上していた」というようなものである。

たとえば、三月決算の会社の三月の売上の一部がその期の売上に計上されずに、翌期の四月の売上に計上されていた、というようなことである。三月の売上が減ったとしても、翌期の四月の売上には計上されるので、長期的には損得はないはずだ。しかし、本来、三月の売上に計上され、その期の税金として申告されるべきとして、税務署は否認し、その分の追徴税を課すのだ。売上自体を隠蔽《いんぺい》してるわけではないし、今期の利益が多少減ったとしても、その分が翌期に加算されるので、それほどめくじらを立てなくてもよさそうなものである。

しかし、税務署の調査官たちは、執拗にこの「期ずれ」を見つけることにより、手柄を稼いでいるのだ。絵に描いたような「重箱の隅つつき」である。

このように確かに税務署には、「追徴税を稼いでくることが使命」という価値観がある。

その矛盾は、税務署内部の人間からも指摘されることがある。

しかし、翼はそういう「ノルマ」を気にしたことはなかった。

そんなことはまったく気にしなくて済むほど、最初からガンガンに「追徴税」を獲ってきていたからだ。

翼は、税務調査の天才少女と言われていた。

職場に出て二年目での、特別調査班への抜擢も、異例中の異例のことだった。

特別調査班は、その税務署の中でもっとも調査がうまい人物が選ばれるのである。

もちろん、それなりのキャリアが必要である。

税務署に入りたてのしかも女性職員など、本来ならば、近寄ることさえできないような部署だった。

しかし、翼は、周囲の誰もが認めざるを得ないような実績を残していたのだ。

国税調査官というのは、税務署に配属される前に税務大学校で研修を受ける。ここで、基本的な法律や制度、税務調査のノウハウなどを学ぶのだ。

税務大学校を出たばかりの新米調査官たちは、最初は上司や先輩調査官に伴われて、税務調査の見習いをする。

しかし上司や先輩は、手取り足取り教えてくれるわけではない。普通に税務調査を行うだけであり、新米はそれを見て、調査とはどういうことなのかを会得しなければならない。獲物の取り方を学ぶ、オオカミの子のようなものだ。

昔の税務署は乱暴だったので、新米の調査官にいきなり一人で税務調査に行かせるようなこともあった。だから決算書の見方もわからず、「お宅の会社は資本金が多すぎるようですね」などと二・二六事件の将校のようなことを言って、苦笑された調査官もいたという。

現在では、そんなことをすれば対外的にも問題となるため、研修制度は一応、整っている。

しかし研修と言っても、半年くらい先輩の調査に同行できる程度であり、後は一人で税務調査に行かされる。

税務調査の上手下手というのは、天性のものが大きい。

というのは、税務調査の方法に正解はないからだ。

脱税の方法はゴマンとある。それを見破るには、机上の知識だけでは無理である。税務大学校で学んだことや、先輩から教わったことは、実際の税務の現場では、あまり役に立たない。「税務の現場」は、はるかに多様で複雑。マニュアルにない出来事のオンパレードなのである。

だから「勉強の得意な子」は、税務の現場に出て挫折感を味わうことが多い。税務調査では、注意深い洞察力、鋭い勘、場面場面で有効な調査方法を考えつく想像力などが必要となる。

それらのことは、書物で身につくものではない。

国税調査官のマニュアル本をどれだけ読んでも、勘の悪い人は絶対に調査には向かない。税法に関しては学者のように詳しいのに、税務調査は全然できないという調査官は多々いるのだ。

しかも税務調査で必要とされるスキルは、現場をたくさん踏むことで身につくかと言えば、そうでもない。

現場をこなせば、ある程度は、「慣れ」によって、調査能力は上がる。しかし、脱税者との智恵比べにおいては、少々の「慣れ」などでは対応できない。ダメな調査官は、どれだけ努力してもダメなのである。

それに対して、結果を出す調査官は、若いころから目を引くような結果を出している。

翼もその類《たぐい》の調査官だった。

税務署に配属され、見習い期間を終え、一人で税務調査に行くようになって、いきなり好成績を挙げた。

彼女は、一回目の調査で大金星を挙げた。

翼は、調査中に経営者のネクタイを見て、

「そのネクタイ素敵ですねえ」

と無邪気な表情で言った。

すっかり気を良くした社長は、このネクタイは海外のブランド品で、日本ではBM社しか取り扱っていないものだと、得意げに話す。

翼は、それを聞いてさっそくBM社に赴き、顧客名簿をゲットした。

その名簿から社長のクレジットカードを把握、さらにクレジットカードの入金元となっていた預金口座を調べ上げた。

その預金口座が、実は社長の隠し口座となっていて、あえなく脱税発覚となったのである。

その見事な手腕に、税務署中の調査官が喝采を送った。

こういうことは、学んで会得できるものではない。

翼が、不正発見割合が異常に高いことは、税務署の間でも不思議がられていることだった。翼は、実に九割近くの不正発見割合をたたき出していた。

そもそも、不正を働いている納税者がそんなに多いはずがない。

九割の納税者が不正を行っているということになれば、納税者のほとんどが脱税をしていることになる。

普通の税務調査では、どんなに頑張っても不正発見割合は二割が限界と言われてきたのだ。

翼の調査方法は、他の調査官と大きく違っている部分があった。

他の調査官があまり時間をかけない「下準備」に、もっとも多くの時間をかけるのだ。

普通の調査官は、調査そのものにもっとも時間をかけ、下準備などにはあまり時間をかけない。調査官の日常というのは、とても忙しい。普通の調査官は、だいたい一週間に一件のペースで調査をこなさなければならない。調査に二、三日かければ、残りは報告書を書くだけで精一杯である。だから、調査の準備などは適当に済ませるものである。

しかし、翼の場合は、調査の下準備を入念に行う。そして、調査そのものには、あまり時間をかけない。

特に「調査先の選定」に、非常に時間をかけるのである。

調査官にとって、「調査先の選定」というのも、実は重要な仕事なのである。

誤解されやすいが「税務調査される」ということと、「税金を誤魔化している」ということは、イコールではない。一般の人は、税務署が入るというと、どうしても「脱税」というイメージを持つことが多い。

しかし、決してそうではない。

事前に脱税情報を摑んで行われる税務調査も、あることはある。が、それは税務調査の中のほんの一握りである。

税務調査はどういうときに行われるのかというと、原則としては「申告書に不審な点があったとき」ということになっている。

けれど、実際は必ずその通りではない。

税務署は、一年間に一定の件数の税務調査をしなければならないようになっている。年度が始まる前に作られる「事務計画」で、税務調査する件数が決められているのだ。その件数をこなすためには、「不審な点がある申告書」だけを調査していても足りない。

また申告書というのは、それを見ただけでは、正しいかどうかがわかるものではない。実際に申告者のところに行って、帳簿や関係書類を見せてもらったり、事業の状況などを聞かせてもらったりしないと、本当のところはわからない。

なので、ある程度の規模で、順調に事業を続けている事業者に対して、「無作為」に調査を行うこともあるのだ。

というより、税務調査の大半は、ほぼこの感じで行われるのだ。

ただ「無作為」に税務調査をしても、追徴税は取れない。だから調査官たちは、なるべく脱税をしていそうな納税者を選定する。しかし、情報がそれほどあるわけではないので、実際のところは、「行ってみないとわからない」状態で、税務調査は行われるのだ。

が、翼は、他の調査官のように、ほとんど何の情報も持たないまま、無作為に税務調査に行くようなことはしなかった。

過去の調査書などを読み込んだり、ネットで事業者の情報を調べたりして、事前にできる限りのデータを収集する。翼は、このことに関して、もっとも時間をかけるのである。

そして翼は、税務調査先を選定するときに、必ず候補者の事業所などを「偵察」に行っていた。

「税務調査の前に調査先の事務所や店舗を下見しろ」

ということは、税務大学校の授業でも時折言われることである。

別に下見をしたところで、何がわかるものではないが、とにかく現場を見てくれば、感じることがあるはずだ、ということである。

だが、ほとんどの調査官は、その教えは守っていない。

現金商売者に対する「内偵調査」は別として、抜き打ち調査ではない普通の税務調査において、下見をする余裕などはない。

日々の調査日程や、報告書作成に追われるので、なかなか調査先を下見する時間が取れないのだ。

　しかし、翼の場合は、「税務調査先の選定」の段階で、必ず下見をするのだ。

　他の調査官よりも、一段も二段も、念が入っているということになる。

　車で、事業所の前まで行き、その事業所を遠目で観察する。そして、経営者の顔を一目見る。

　それで税務調査をするかどうかを決めるのだ。

　翼は「経営者の顔を見れば、だいたい脱税しているかどうかがわかる」のだという。

　一年目のころ、翼は統括官から「税務調査先を経営者の顔で選んだりしてはならない」と口やかましく言われた。

　税務の世界では、人の好さそうな顔をしている経営者が実は多額の脱税をしていた、というケースも多々ある。だから、普通の調査官であれば、経営者の顔を見て、脱税しているかどうかを判断したりはしない。

　だから、統括官は翼の調査先の選定方法に苦言を呈したのだ。

　しかし、翼は、新米調査官ながら、頑として自分の主張を曲げなかった。

統括官も根負けし、二、三回失敗すればわかるだろう、と翼の思う通りにさせてみたのだ。

が、統括官の案に相違して、翼は失敗などしなかった。

ほぼ百発百中の確率で、不正を発見するのである。統括官は首をかしげつつも、翼のやり方を容認するしかなかった。

他の署員にも、翼のやり方を真似してみるものが出てきた。しかし、誰一人として翼のような結果を出すことはできなかった。

翼によると、人が好さそうとか、人相が悪いなどではない、その人の醸し出す雰囲気で、脱税をしているかどうかが見えてくる、という。女性特有の勘と言うべきか、翼だけがもつ第六感なのか。

翼が、税務署に入ってきた当初、とんでもない厄介者が入ってきたと言われた。

というのは、翼のスカートの裾が少々短かったのだ。それは一般的にミニスカートと言われるものだった。また爪にはギャル風のネイルが施されていた。

税務署員は、服装は地味なものでなくてはならない、という不文律がある。男性は、グレー系か紺色系のスーツ、女性もその系統の配色の服装というのが、一般的だった。

ミニスカートやネイルなどはもってのほかだった。

しかし、翼はどうしてもそれが我慢できなかった。

最初の統括官は、入署早々に翼を呼び出し、説教をした。

「税大（税務大学校）で、そんな服装はダメだと習わなかったのか？」

「私は、税大でもこういう格好でした」

「教官は何も言わなかったのか？」

「最初はいろいろ言われましたけど、そのうち、黙認していただけるようになりました」

「それは、黙認したんじゃなくて諦めたんだろう」

統括官はため息をついた。そして気力を奮い立たせるようにして、再度、口を開いた。

「ここは遊びの場所じゃないんだ。仕事場なんだぞ」

翼は平然と答えた。

「わかってます。だから、こんなに地味な格好をしているじゃないですか？」

「それは、税務署では地味とは言わないんだ」

「税務署員もこれからは、少しはおしゃれにならないといけないと思うんです。地味で陰気くさかったら、市民も近寄りがたいでしょう？」

「お前は、一年生なんだぞ！　上司の言うことは素直に聞けと税大で習わなかったのか？」

「私の教官は、上司の言ったことでも納得のいかないことがあったら、簡単に受け入れるなと言われました」

「あ〜」

統括官はすっかり頭を抱え込んでしまった。

そして、これはしばらく自由にさせておこうと思った。

そのうち税務署の他の女性職員らが、注意してくれるだろう、と。女性というのは、派手な格好の同僚女性を嫌うもの。他の女性職員から嫌味を言われたり、いじめられたりすれば、直るだろう。

それに、税務調査に行くようになれば、嫌でもミニスカートなどははけなくなる。調査先の企業では、応接室に通されることが多い。ミニスカートでソファに座れば、下着が見えてしまうのだ。一度、恥ずかしい思いをすれば、懲りるはずだ。

しかし、統括官の思い通りにはならなかった。

翼は、ミニスカートをはいたりネイルをしたりしても、それは男に媚びるというよ り、ファッションを楽しむという感じだった。

それは、女性同士であればすぐに通じるらしく、女性職員が翼に反感を持つことはなかったのだ。むしろ「翼ちゃん、可愛い」などと、歓迎する空気があった。そのうち、他の女性職員も翼を真似するようになり、明るい色の服を着てきたり、こっそりネイルをするようになってしまった。他の女性職員も、税務署のあまりに地味な服装には、常々反感を持っていたのだ。

また翼は、税務調査に行くときには、パンツルックだった。他の女性職員から、あらかじめ、「税務調査の際は、ミニスカートは見えるからやめた方がいい」と忠告されていたらしい。

翼は、一見、自由奔放のようで、実は、誰よりも鋭い観察眼と、的確な判断力を持っていたのだ。

南町税務署界隈の税理士の間で、翼は「鬼姫」と言われていた。

なぜ「鬼姫」と言われるのかというと、まず税務調査が異常にうまい、ということである。彼女が税務調査に来ると、大方の場合、追徴税をがっぽり取られることになる。

しかも「重加算税」を課せられる割合が非常に高い。

税務申告の「申告漏れ」には、二種類ある。

一つは、うっかりミスや税法の解釈誤りである。この場合は、悪意はないということで、追徴税の額もそれほど大きくはならない。

もう一つは、仮装や隠蔽などの不正を行って、故意に申告漏れをするケースである。

これが発覚すると、逃れていた税金にプラスして三十五%の重加算税が課せられる。

百万円の税金を逃れていたとすれば、百三十五万円払わされるということだ。

また不正によって逃れた税金の額が大きい場合（おおむね一億円以上）は、刑事罰を科せられることもある。

重加算税が課せられるということは、納税者から見れば「不正がばれた」ということである。

調査官から見れば「不正を発見した」ということである。税務署の中では、調査で重加算税を課すことを最高の勲章とする価値観がある。警察で言えば、凶悪犯を逮捕したというようなことになるだろう。


しかし、この「不正」というのは、実はそうそう発見できるものではない。

脱税をしている人などはそういるわけではないし、税務調査は、相手が脱税をしているかどうかわからない状態で行われるわけである。また申告というのは適正に行うのが、建前である。不正どころか、うっかりミスさえないのが「普通」である。

だから、全国平均で見れば、税務調査で不正が見つかる割合というのは、十件に一件くらいである。

それを翼は、九割以上の不正を発見しているのだ。税務関係者から見れば、バケモノなのだ。

翼が鬼姫と呼ばれる理由はもう一つあった。

追徴税額を決して「負けない」のだ。

これには、ちょっと説明を要する。

というのは税務調査で追徴税が生じる場合、調査官は時々、「追徴税を負ける」ことがある。

税務にはグレーゾーンが非常に多い。白か黒かはっきりしない面が多いのである。

たとえば、売上の一部が抜けていた場合。

故意にやったならば、「不正」ということになる。前にも述べたように調査官にとって不正発見というのは大きな手柄である。だから、調査官は不正を取りたいと考える。

しかし、納税者側から見れば、故意にやったのではなく、「うっかりミスしていました」という言い訳もできなくはない。

そして調査官側が「故意にやった」という証拠を摑むのは難しい。税務の世界では税務署が申告の不正を指摘するには、税務署側がその証拠を提示しなくてはならないことになっている。申告納税という制度のもとでは、基本的に納税者側の申告が尊重され、税務署は明らかな不正や誤りがあったときのみ、それを是正することができる。

つまりは、税務署が納税者の不正を指摘する場合は、税務署側が明確な証拠を提示しなくてはならないのだが、その証拠というのはそう簡単に出せるものではない。

そのため、追徴税全体を少し負ける代わりに不正を認めさせる、という司法取引のようなことをするのだ。

この「司法取引」は税法で認められているものではないし、税務署の内部規定でも禁止されていることだ。

しかし、調査官は「不正発見」という手柄が欲しい。そして納税者は追徴税はなるべく少ない方がいい。両者の利益が一致するため、しばしば闇でこの取引が行われるのだ。

翼は、この「司法取引」を一切しないのだ。

白か黒かわからないグレーゾーンに関しては、状況を徹底的に調べ上げて、納税者を追い詰める。

納税者が「売上をうっかり漏らしていました」と言い訳しても、「毎日、売上金を数えて、銀行の貸金庫に入金しているような几帳面《きちようめん》な人が、うっかり漏らすわけはないでしょう！」と問い詰めるのだ。

見かねた税理士が、司法取引的なことを持ちかけても、「それ、どういうことです？」とまったく相手にしない。

ただこれは翼に限らず、女性調査官全般に言えることでもある。

そもそも女性は、国税調査官という仕事に向いている面がある。

国税（税務署）自体は、女性職員というのはあまり受け入れていない。

税務署というのは、納税者ときわどいやり取りをすることが多い仕事。納税者の中には、「怖い人」もけっこういる。暴力団関係者や、過激な市民活動団体とも、接しなければならない。そういうハードな仕事は、女性には向かないとされ、あまり女性は採用しないのだ。

女性は国税全体の一割ちょっとしかいない。

しかし、女性は実は脱税摘発に向いている要素があるのだ。

まず、女性は非常に細かいことに気づくという性質がある。調査官は、細かい観察力が必要なので、女性にはぴったりともいえる。

男性では見過ごしてしまうような、脱税の手口を女性がうまく見つけ出したりすることもあるのだ。

　また女性というのは、精神的に図太い。男性は、体力はあるけれど精神力は弱い面があり、ちょっとハードな事案に出くわしたりすると、精神的に参ってしまう人も結構いる。税務署のように、毎日、様々な納税者ときわどいやり取りを続ける仕事では、男性職員は心が疲弊しやすいのだ。だから酒におぼれたり、人格的に壊れてしまうような者が少なくない。

　でも、女性の場合は、かなりハードな事案であっても、翌日にケロリとした顔で出てきたりする。女性は、「仕事は仕事」と割り切っている部分があるので、仕事の悩みをあまり引きずらないのだ（男性ほどには）。

　しかも、これがもっとも特筆すべきことだが、女性は「金に対して厳しい」という性質がある。

　これは調査官にはうってつけなのだ。

　男性の場合、お金に関して若干ルーズというか、大雑把な面がある。大きな脱税が判明すれば、男性調査官の場合は、それだけで一安心してしまう。他の小さな脱税に関しては、あまり追わなかったり、大目に見たりする。

　しかし女性調査官はそういうことはない。あくまで脱税のすべてを容赦なくあばこうとする。

だから税務署が税務調査に来たときに、女性調査官だからといって甘く見ていると大変なことになったりする。

とりわけ、翼の場合は、時代劇の幼い姫のような可愛らしい容姿をしているくせに、税務調査が鋭すぎるので、そのギャップに経営者や税理士は恐怖してしまうのだ。

翼は、その容姿やさっぱりした性格から、男性職員にとっては憧れの存在でもあった。

税務署員は入局試験に受かると、各国税局に採用され、税務大学校で一年三か月に及ぶ研修がある。

税務大学校では、男女の職員が一緒に学ぶ。もちろん寮は別だが、始終行動をともにするので、研修期間中に成立するカップルも多い。

だいたいの女性職員は、この期間中に誰かと付き合うことになった。

翼は、税務大学校にいるとき、「ミス税大」と言われていた時期もあった。

「時期もあった」というのは、すぐに言われなくなったからだ。

翼は、一見、可愛らしい容貌をしているので、当初は、税大の男子の間で、一番人気となっていた。自分に自信がある男子学生たちが、次々に、翼をゲットしようとチャレンジした。が、ことごとく玉砕していた。

翼は、「自分より頭の悪い男」は好きになれなかった。

他の女子たちが、身近にいる税大生と付き合っているのを見て、羨ましいと思わないこともなかった。

しかし、いざ、誰と付き合うかと考えたとき、そういう対象は誰も浮かばなかった。これは中学、高校時代からそうだった。税務署に配属されてからも、それは変わらなかった。

「自分は一生誰とも付き合えないかも」

そう思うと、とてもさびしい気持ちになることもあった。

第三章　怪物税理士

「北の特調はまたダメだったらしい」

上機嫌の渋沢統括官の声が聞こえてきた。

南町税務署の特別調査班が堂上寿司店のガサ入れを行っていた同じ日、北町税務署の特別調査班もガサ入れ調査をしていたのだ。

南町税務署と北町税務署は隣同士で署の規模も同じくらいなので、両者はライバル関係にあった。

特に特別調査班同士の張り合いは、すさまじいものがあった。

特別調査班というのは、先にも少し触れたが、税務署の中でもっとも税務調査のうまい調査官が集められた特別チームなのである。

彼らは、税務署の管轄内で、現金商売の中でも特に脱税の疑いが濃いと思われる事業者をピックアップして、抜き打ちのガサ入れ調査を行う。

抜き打ち調査というのは、税務署のメンツがかかったものでもある。

抜き打ちでのガサ入れ調査は、失敗すれば税務署としては大きな恥になる。納税者側から見れば、「痛くもない腹を探られた」ということになる。いかに納税者に「受忍義務」があろうとも、大きな嫌悪感を抱かれるのは免れない。それは、結局、税務署の権威を落とすということになる。

また抜き打ちのガサ入れ調査というのは、他の調査に比べると脱税の額も大きい。だから、この分野は、税務署の腕の見せどころということである。

中でも、特別調査班というのは、税務署の中では最強の抜き打ち調査部門であり、税務署の看板とも言えるものだ。

ほとんどの税務署で、特別調査班というのは、百%近い不正発見率を誇っている。不正というのは、先にも少し触れたが、単なるうっかりミスではない、意識的な脱税行為である。

調査官たちにとって、税務調査で不正を発見することは何よりの勲章となる。単なる「うっかりミス」を見つけたよりも、何倍も高い評価を受けられる。

各税務署の特別調査班は、この不正発見を半ば義務付けられていた。

そのため税務署の管轄内で一番美味しいタマ（つまり脱税の疑いが濃い納税者）を、優先的に振り分けられることになっている。

脱税の疑いが濃い者たちに対して、もっとも優れた調査官たちがチームを組んで調査するのだから「不正を見つけて当然」という空気があったのだ。

南町税務署の特別調査班も、この年の不正発見率は百％だった。

特別調査班は、その税務署の名誉を担っており、その業績がそのまま税務署の評価にも関わってくる。だから、南町署の署員にとって、ライバルである北署のヘマは、若干、楽しいものだったのだ。

渋沢統括官が言った「北の特調はダメだった」という言葉の意味は、「申告是認だった」ということだ。

申告是認とは、税務調査をして指摘事項がまったくなかったときのことを言う。

指摘事項がないのなら、納税者は真面目に申告しているということであり、税務行政的には喜ばしいことのはずだが、調査官にとっては屈辱以外の何物でもない。

申告是認＝税務調査が下手ということになるからだ。

申告是認が何件も続くと、ノイローゼになってしまう調査官もいるくらいなのだ。

特に、特別調査班の場合は、八割以上の不正発見を求められる。

彼らは署内でもっとも脱税の見込みがある案件を優先的にピックアップする権利を持っていて、しかも税務署内で優秀とされるメンバーが集まっているのだ。

結果を出して当たり前でもある。

逆に言えば、結果が出なかったら税務署の大恥でもある。

納税者に対しても示しがつかない。

調査官たちが大挙して抜き打ち調査に訪れたのに、納税者側になんの落ち度も見られなかったとなれば、税務署のメンツは丸つぶれである。税務行政的にも、批判を免れない。

だから特別調査班が、申告是認になったときの屈辱、ダメージは並大抵のものではないのだ。

その申告是認を、北町税務署の特別調査班は、もう三回も続けているのである。

「北は、また奴にやられたらしい」

国税局内で顔が広く情報通の広瀬上席がつぶやいた。

若い横田が、それにすぐ反応した。

「奴って、例の？」

「そう、例の香野とかいう税理士だよ」

広瀬上席は、渋沢統括官よりもさらにでっぷりと太っており、他の署員からは「芋洗坂係長」などとからかわれることもある。そのユニークな体型と、温和な人柄から、友人知人が異常に多い。南町税務署の特別調査班では最古参のメンバーである。最古参と言っても、三年目であるが。

税務署員たちは納税者との癒着を防ぐために、三〜五年ごとに転勤がある。だから、三年間同じ税務署の同じ部門にいると、最古参になってしまうのだ。

広瀬上席は、南町税務署や北町税務署界隈の事情に詳しい。北町税務署の管内の税理士にも精通している。

香野税理士に関しても、もっとも情報を持っていた。

「奴はどういう手口で脱税しているんですか？」

横田調査官は、興味津々な表情で広瀬上席に食いついてきた。

「どういう手口かわからないよ。わからないから、申告是認になったんだよ」

広瀬上席は、少々面倒くさそうに答えた。

「この前まで税務署の飯を食っていたくせに、なんだって脱税請負人になんてなるんだよ！」

「まだ、脱税請負人かどうかはわからないよ。北町は脱税の端緒をまったく摑んでいないんだから。もしかしたら、本当に真面目に申告しているだけかもしれないよ」

「でも、あいつの顧問先は、これまで脱税の常習犯だったところばかりでしょう？　あいつが顧問になったら急に脱税しなくなるなんてありますか？　しかも特調が調査に入って、なんにも出てこないなんて」

「でも、今のところ、奴の尻尾はまったく摑んでいないんだ。あいつの顧問先で、重加算税をくらったところはまだない」

重加算税というのは、前にも述べたように、不正によって税金を少なく申告していた場合に課せられる加算税のことである。

「重加算税をくらったことがない」

ということは、まだ脱税で摘発されたことがないということである。

「うちの管内にもあいつの顧問先は増えているらしい」

「急激に顧問先を増やしているからなあ。しかも大きな客ばかり」

「我々も、近々、あいつと戦わなければならなくなる。明日は我が身かもしれないぞ」

広瀬上席と横田調査官のやりとりを聞いていた渋沢統括官が、苦い顔をしながらそう言った。

確かに、南町税務署も、そろそろ香野税理士の顧問先を税務調査しなければならない時期に来ているのだ。


香野税理士というのは、五年前、税務署をやめ税理士になったいわゆるOB税理士である。

日本は申告納税制度の国であり、自分の税金は自分で算出して納税しなければならない。

しかし、日本の税金の計算の仕方は非常に複雑である。

大企業の場合は、社内に経理のプロを抱えているし、公認会計士から監査を受けることを義務付けられている。

が、中小企業の場合は、経理の人員も少ない。というより、経理担当がいない場合も多い。そこで申告を代行してくれる人が必要となってくる。

その仕事を行うのが、税理士である。つまり、税理士というのは、中小企業の会計税務を担っているのだ。

税理士は、企業の経理から申告までを行う。申告書の作成だけを行う場合もあるが、月に何回か企業に赴いて経理指導を行うような場合もある。

税務署が税務調査を行う場合、税理士が立ち会って、申告書の内容などを説明する。税務署と企業の折衝役というか、企業側の代理人のような立場でもある。

この税理士には、二種類ある。

国税ＯＢの税理士と、一般の税理士である。

税務署の職員は二十三年以上勤務すると自動的に税理士の資格がもらえる。そのため税務署員のほとんどが退職すると税理士になるのだ。

税理士になるには、本来は税理士試験に合格しなければならない。しかし、税務署職員は、その試験を免除されるのである。

ただ香野税理士の場合、他の国税ＯＢ税理士とはちょっと違う。

彼が税務署に勤務していたのは十二年であり、税理士資格をもらえる基準は満たしていなかった。

香野は、自分で税理士試験を受けて合格し、税理士になったのである。このルートから税理士になる国税ＯＢもいることはいるが、ごく少数である。ほとんどのＯＢ税理士は二十三年以上税務署に勤務して税理士資格をもらっているのである。

香野税理士は開業した途端、近隣の税務署を脅かす存在になった。彼の顧問先を税務調査しても、追徴税がほとんど取れないのである。

メンツをつぶされた税務署は、彼の顧問先を集中的に税務調査したが、ことごとく「申告是認」に終わっていた。あるときは大人数を投入し、大がかりに調べても、一切の不正や課税漏れは見つからなかった。

そのうち、飲食店を中心に「脱税常習犯」とされていた事業者が、こぞって彼を顧問に迎えるようになった。

近隣の税務署にとっては、香野税理士は脅威の的となった。

いつしか税務署員たちは彼のことを「モンスター先生」略して「モンセン」と呼ぶようになっていた。これは「モンスター税理士」という意味である。

税務署員たちは、税理士のことを「先生」と呼ぶならわしがある。別に尊敬をしているわけではなく、彼らは一応「士」の資格を持っているし、国税ＯＢ税理士たちは先輩面をすることも多いので、若干の揶揄《やゆ》をこめているのである。

だから香野税理士は「モンセン」なのだ。

香野税理士の顧問先は、北町税務署管内の企業が多かった。

だから、このモンスター退治は、まず北町税務署の特別調査班に委ねられることになった。

しかし三回連続して、モンスターにやられてしまった。

香野税理士は、昨今、顧問先を急激に増やしている。南町税務署管内の企業も、かなり彼に顧問を依頼するようになっていた。

南町税務署の特別調査班が香野税理士と対決するのは、時間の問題とも言えた。

脱税ニュースなどでは、時折、「脱税請負人」という言葉が出てくる。

この脱税請負人とは、一体なんなのか、と疑問を持った人も多いだろう。一般社会には、その存在はほとんど知られていない。

脱税請負人というのは、もちろんその名の通り、脱税を指南する人のことだ。

当然のことながら、彼らが「脱税を請け負います」と、宣伝などしていることはない。

経営コンサルタントなどの肩書きや、税務署OBの肩書きを持っていることが多い。彼らは、「脱税を指南してくれる」ということが、顧客同士の口コミで広がって仕事を増やしていくのだ。

脱税請負人というと、非常に高度な知識とテクニックを持った闇稼業の人間という印象を受けるかもしれない。

しかしこれまでの脱税請負人のほとんどは、それほど高度な脱税方法を持っていないと言える。もちろん、市井の人よりは税関系に詳しいし、たまには高度な知識を使ったものもまれにある。

でも総体的に見て、それほど手の込んだことをしていることはない。

テクニック的に言えば、その辺の大企業の方がよほど巧妙な脱税をしていると言える。昨今の大企業では、タックスヘイブンなどの海外取引で、巧みに税金を逃れている。

それに比べれば脱税請負人の手法は実に単純だった。彼らの脱税の多くは、巧妙な手口で脱税を成功させてきたというより、「国税に調査をさせないこと」により、脱税の発覚を防いできたのだ。

脱税請負人の基本的なスキームは、こうである。

脱税請負人が、依頼者にコンサルタント料などの名目で多額の領収書を発行する。もちろんそれは架空であり、額面の一部を報酬として脱税請負人に払う。そして脱税請負人は、後輩の国税幹部などを牽制し、事実上、調査をさせないようにする。国税が調査をしないので、この架空取引はばれない、ということだ。

脱税請負人の多くは、なんらかの形で、国税と強力なパイプを持っている。脱税請負人自身が国税のOBだったり、仕事上の繋がりから国税局員と非常に懇意になっていたりするのだ。そのパイプを利用して、自分の顧客に調査をさせないことで、脱税を成功させてきたのだ。

そもそも、現在の税理士制度そのものが、脱税請負人を生じさせやすい性質を持っている。ざっくり言えば、「国税ＯＢが税理士になれる」ことが、脱税請負業をなしやすくしているのだ。

税理士というのは、納税者の代理人的存在であり、国税（税務署）との折衝役的な存在でもある。

それを国税のＯＢがやるのだから、国税職員としてはやはりやりにくい。

彼らは税務署の仕事のやり方はすべて熟知している。

しかも、現役の職員にとって、彼らは大先輩にあたる。それが、納税者の味方、つまり自分たちの敵として対峙《たいじ》するわけなので、そもそもが不自然なことである。

国税職員というのは、先輩と後輩の結びつきが強い組織でもある。

国家公務員などというのは、だいたい組織としてのまとまりが強く「大蔵一家」とか「文部一家」などと称されてきた。

自分たちはみな家族というわけだ。

そういうまとまりの強い組織の中での先輩、後輩というのは、非常に連帯感がある。

後輩は先輩の言うことを絶対聞かなくてはならないし、先輩は後輩の面倒を必ず見なければならない。体育会系の気質なのだ。

さらに困ったことに、国税職員というのは酒の付き合いが非常に多い。

そして酒席となれば、必ず先輩が後輩に奢《おご》ってやらなければならないという暗黙の掟《おきて》がある。そういう関係というのは、先輩が国税をやめたからといって簡単に断ち切れるものではない。

しかも税理士になって羽振りのいい先輩などは、やたらと後輩に奢りたがる。そして貧乏公務員にはめったに食べられないものを食べさせたり、見れないものを見せたりしてくれることもある。

OB税理士に御馳走になったことのない国税職員というのは、ほとんどいない。

そして、こういう接待を受けた場合、そのOB税理士の顧問先でまともな税務調査などできるわけはない。あからさまに手心を加えることはなくても、見て見ぬふりをしたり、普通よりも軽めの調査になることは非常によくあることなのだ。

またOB税理士の中には、元国税幹部だったものもいる。いわゆる「偉い人」である。彼らは、現役の国税幹部も多く知っている。必然的に、税務調査は柔らかくならざるを得ない。

その延長線上に脱税請負人はいる。

たとえば、二〇〇二年、元札幌国税局長のOB税理士が約七億四千万円の所得を隠し、約二億五千万円を脱税していたとして逮捕された。

この税理士の脱税の手口は非常に幼稚で、収入の一部のみを申告し、大部分の収入を申告していなかったというものだ。

このニュースが報道各社で流れたとき「元国税OBが脱税で逮捕されるなど、世も末だ」と思われた方も多いかもしれない。

しかし、この類のことは今に始まったことではない。大昔から、日常的にされていたことが、たまたま発覚したというだけなのだ。

国税OBなので、税務署としてはどうしても頭が上がらなかったり、手心を加えることになる。特に、元幹部だったりすれば、まったく手出しができないこともある。

このケースの場合、元札幌国税局長であり、国税の最高幹部である。そういう「偉い人」に対して、国税局や税務署は、事実上、何もできない。この税理士は、脱税し放題だったのだ。

この税理士が逮捕されたのは、国税局側の調査能力によるものではない。別の事情があったのだ。

この税理士は、大手芸能プロダクションが脱税して査察に踏み込まれたとき、急遽この芸能プロダクションの顧問税理士になったのだ。つまり、脱税請負人として、芸能プロに雇われたのだ。

普通ならこの脱税請負人の登場で、国税局や税務署は手を引くはずだった。しかし、「有名大手芸能プロダクションの脱税」だったため、マスコミが連日、嗅ぎまわり、この税理士のことも調べ始めたのだ。

そのため国税当局は、マスコミにすっぱ抜かれる前に、慌てて自らの手で脱税摘発に踏み切ったのだ。

もし、この税理士が芸能プロダクションの脱税事件に関与しなければ、今でも逮捕されていない可能性が高い。つまり、国税当局は、マスコミに尻をたたかれて、いやいや告発しただけで、本当はずっと野放しにされるはずだったのだ。

こういう事例は、腐るほどある。

国税にとっては、長年、頭を悩ましてきた問題でもある。

が、この問題はそれほど深刻化してこなかった。

というのも、脱税請負人の寿命が短かったからである。

国税はパイプをつなぎとめておくのが難しい組織でもある。

市民と癒着することがないように、人事異動が頻繁に行われ、一人の人間が同じ部署に五年以上いることはほとんどない。

また国税局員、税務署員は仕事内容も頻繁に変わる。

そして脱税請負人も、年数を経るごとに国税への影響力は小さくなっていく。見知っている国税職員が減っていくからである。国税とのパイプがなくなれば、単なる犯罪者であり、あっという間に脱税事件の主役となるのだ。

だからこれまでの脱税請負人というのは、国税にとってそこまでの脅威ではなかった。

しかし、香野税理士は違った。

国税とのパイプを使って税務調査を回避している様子はまったくない。

それよりも、国税とのパイプを一切、断ち切った上で、追徴税を課せる隙をまったく与えないのである。

これまでの脱税請負人は国税にすり寄ることで棲息していた。

が、香野税理士は、国税に真っ向から挑戦し、脱税を指南している（らしい）のである。まったく新しいタイプの脱税請負人だと言えるのだ。

国税から見れば、大きな脅威だった。

国税ＯＢ税理士というのは（脱税請負人も含め）、国税との関係を良好に保とうという意思を持っている。国税側から見れば、国税ＯＢ税理士というのは、身内的な存在だったのである。

しかし香野税理士の場合は、国税ＯＢでありながら、国税に真っ向から対峙している。

しかも税務署の主力部隊である「特別調査班」を、何度もたたきのめしているのだ。

国税としては、「メンツ丸つぶれ」ということである。国税というのは、警察と同様、メンツを非常に気にする組織である。税務行政というのは、国民とじかに接する仕事なので、メンツがつぶされ、国民から軽蔑されると日常業務に支障が出るのだ。

特別調査班が何度もガサ入れを失敗しているとなれば、その噂はすぐに地域の事業者の間に広がる。脱税請負人に税務署がやられているということになれば、事業者たちは「税務署は何やっているんだ」と思うようになるし、まともに言うことを聞かなくなる。

国税としては、絶対に、このまま香野税理士をのさばらせるわけにはいかないのだ。

南町税務署の特別調査班にとっても、香野税理士の存在は非常に気になるところだった。

香野税理士は、五年前まで税務署の調査官だったので、見知っている税務署員も多い。

広瀬上席もその一人だった。

「あいつは、めちゃくちゃ税務調査がうまかったからな。それが、税理士になったのだから、こっちの弱点は知り尽くしている」

「税務調査の天才って言われていたんでしょう。今の翼みたいに。一体、どんなヤツだったんですか？」

若い横田調査官も、香野税理士のことは興味津々らしく広瀬上席の話に食いついた。

「すごく真面目で大人しいヤツだったよ。脱税請負人になるなんて信じられない」

「なんか、調査でトラブルがあって、やめたんでしょう」

「ああ、税務調査先の経営者が、自殺したんだよ。脱税が見つかったのを苦にして。真面目なヤツだったから、耐えられなかったんだろう」

「だからって、脱税請負人になるなんて……」


香野税理士は、もとは将来を嘱望された調査官だった。

特別調査班や、国税局の有望ポストにつき、いわゆる「出世コース」に乗っていた。

しかし、あるとき税務調査先の経営者が自ら命を絶ってしまったのだ。

その会社は健康器具の販売をしていたが、長らく低迷期が続き、経営者も食うや食わずの生活が続いていた。が、突然、テレビ番組がきっかけとなり爆発的なヒット商品が生まれ、会社は大儲けした。

経営者は、これまでの苦労を思い、なるべく多くのお金を会社に残そうと考えた。

そのため、「無理な節税」つまり脱税に手を染めてしまったのだ。

調査勘の鋭かった香野は、この会社に目をつけ電撃的に税務調査を行った。

もちろん、脱税は香野に簡単に見破られた。

この経営者にとって追徴税は払えない額ではなかったが、初めての税務調査で心労が重なり、脱税に対する自責の念もあり、調査が終了する前に「自決」してしまったのだ。

その事件以来、香野はすっかりふさぎ込み、税務調査への熱意を失ったと言われている。

勤務も休みがちになり、そのうち病気を理由に長期休暇の申請をし、まったく出勤しなくなってしまった。

長期休暇が一年を過ぎたとき、税務署をやめたのである。

香野は、長期休暇中に税理士への転身を決意したらしく、その年のうちに税理士試験に合格し税理士となったのだ。

第四章　最初の遭遇

ついに南町税務署でも、香野税理士の顧問先を調査することになった。

北町税務署の特別調査班がこれだけ敗北を続けているのに、南町税務署はまだ香野税理士の顧問先に調査をしたことがなかった。

そのことについて国税局から何度も指示があった。

「南町でも早く税務調査をやれ」

ということである。

渋沢統括官は、これまでいろいろ理由をつけて、香野税理士との対決を避けていた。

調査官としての勘がいい渋沢統括官は、今、香野税理士と戦っても勝つ気がしなかったのである。香野税理士のやり口をもう少し研究した上で、勝負したいと思っていたのだ。

が、国税局から何度も指示が来ている。

いつまでも逃げることはできない。


調査先は「クリスタル」というバーだった。

クリスタルは、香野税理士が一昨年から顧問になっていた。香野税理士の評判を聞きつけて、顧問に迎え入れたらしい。

クリスタルは、過去三回税務調査を受けていて、ことごとく重加算税を課せられている。脱税常習犯ということである。

一般の感覚から言えば、「脱税常習犯」というのは不可解なものだろう。

一度、脱税が見つかり痛い思いをすれば、もう二度とやらなくなるのではないか、と普通の人ならば思うはずだ。

しかし、今の税システムでは、脱税が常習的になる者がいても不思議ではないのだ。

飲食店などの抜き打ち調査では、ある程度の脱税の証拠を摑むことはできる。しかし、脱税の全貌を摑むことなどできず、数日から一週間分の売上誤魔化しなどの証拠を摑むのが精いっぱいである。過去の脱税分は、伝票などの証拠が破棄されていれば、もうわからない。

となると、税務署側は、数日分の売上誤魔化しの証拠から、数年分の脱税を「推計」することしかできない。

つまり、「三日間で十万円の売上を誤魔化していたから、一年間で一千万円の売上を誤魔化していたのではないか？」と納税者に詰め寄るのである。

しかし、税務署としては、一年間に一千万円の売上を誤魔化していた、という確固たる証拠はないので、実際の追徴税額は納税者との話し合いで決められる。

納税者側は、実際に誤魔化した税金以上の税金は絶対に払おうとはしない、というより、なるべく低く抑えようとする。税務署も確実な証拠があるわけではないので、そう強くは出られない。

だから、最終的には、実際の脱税額よりもかなり少ない追徴税しか課せられていないと、推測される。

つまり「脱税を見つけても、脱税額よりも少ない追徴税しか課すことができない」というのが現実である。

納税者側は脱税が発覚しても、最終的には「真面目に税金を払うよりは安くて済む」のである。

だから、一度、脱税した者は、何度でも脱税するのだ。

クリスタルも、そういう脱税常習犯なのだ。

逆に言えば、脱税していないはずはない、のだ。

香野税理士と対決するにあたって、南町税務署の特別調査班には、彼に関するできる限りの情報が集められた。

彼が、税務署でどういう仕事をしていたのか？

成績はどうだったのか？

また近隣の税務署から、昨今の税務調査での報告も寄せられた。

特に、北町税務署の特別調査班の情報には、一同が驚かされた。

香野税理士は、「内偵調査の段階で、すでに税務署の動きを察知しているらしい」

というのである。

北町税務署が、ガサ入れに入っても、店舗内は綺麗に片づけられている。まるで、調査を予期しているかのようだという。帳票類も整理された状態で保管されている。

もちろん、帳簿の中身も「綺麗」であり、脱税の端緒などどこにもない。

抜き打ち調査というのは、「抜き打ち」でこそ意味があるものなのだ。納税者側が事前に税務調査が来ることを予期していれば、抜き打ち調査の効果はほとんどない。事前に、見られたら困るようなものを隠したり、帳簿をきれいに整理しておくことができるからだ。

北町の特別調査班が敗れ続けている最大の要因は、そこにあると言えた。

なぜ、香野税理士は、税務署の動きを察知しているのか？

その理由は、実はよくわかっていない。

南町税務署では、この謎を解くために、あらゆる方法で税務調査を行っていた。税務調査とはまったく関係のない「徴収担当」の人間などに頼んで、内偵調査をしてもらったりもしていた。税務署には、大きく分けて調査担当部門と徴収担当部門がある。調査部門の人間は、香野税理士に顔が割れている。だから、内偵調査がばれているのかもしれないと推測したのだ。

しかし、それでも失敗した。

また日曜日にガサ入れを行ったりもしていた。

普通、税務署は日曜日は休みであり、特別な場合しか、休日出勤はできない。だから、土日に税務調査が行われることはほとんどない。

そこを見越して週末の売上を抜いている可能性もあった。金曜日と土曜日の売上を抜き、日曜日に証拠類を全部、整理しているのではないか、ということである。

なので、日曜日に税務調査をしてみたのである。

しかし、その調査も失敗に終わっている。

南町税務署も、できる手はすべて打っていた。ただ手をこまねいているだけではなかったのだ。

内偵調査は、どうやってばれているのか？

いくつか考えられる理由はあった。

香野税理士は、自分の顧問先の飲食店に、時々顔を出すことがあった。そうやって、内偵調査をしているかどうかをチェックしているのだろう。

税務署にとっては、顧問税理士が店に時々やってくるとなれば、それだけで内偵調査がしにくくなる。

税務署の手の内を知り尽くした香野の予防策だとも言えた。

しかし、香野は、そういつもいつも顧問先に顔を出しているわけではない。ではどうやって、税務署の内偵が入ったことを知っているのか？

考えられるとすれば、隠しカメラなどを使っていることである。

店舗のどこかに隠しカメラがあって、客の顔を記録できるようになっている。それを香野が後で確認し、不審な人物（税務署の調査官らしき人物）がいる場合は、経営者に注意を促しているのではないか？

だとすれば、内偵調査をよほど注意深く行わなくてはならない。

もしくは内偵調査をまったくせずに、いきなりガサ入れをするか。

しかし、内偵調査をまったくせずにガサ入れを行うことは、地図を持たずに宝探しをするようなものである。失敗する確率は高くなる。

何度も検討した結果、内偵調査は行う、ということになった。内偵調査をしないで、ガサ入れをするのは、いくらなんでも無理がある、と。

内偵調査には、翼が命じられた。

以前、見せた翼の見事な内偵調査の手際が評価されたのである。

また古い調査官の場合、香野税理士に面が割れている可能性もある。

そのため、まだ税務署に入って日が浅く、香野税理士と面識のない翼は、都合が良かった。

先に何度か触れたが、内偵調査というのは、飲食店などを抜き打ち調査する際、事前に、調査官が店舗に潜入し、客の入り具合や、店の状況などを調査することである。

内偵調査の一番のポイントは、店側に「内偵調査に来た」ということを悟られないことである。特に、香野税理士は、内偵調査に対して、入念な予防策を施していることが考えられる。

だから、内偵調査にはよほどの注意力、調査手腕が求められる。

堂上寿司店での内偵調査で見せたように、翼はここでも優れたスキルを持っている。

しかし、まだ二十歳である。しかも行き慣れないバーの内偵調査である。

寿司店であれば、翼でも何度か行ったことがある。でも、バーなどはほとんど行ったことがない。

クリスタルは、九〇年代に流行したカフェバーの生き残りである。小洒落《こじゃれ》た雰囲気のバーで、料理も美味しいという。ネットでの評価も、近隣のバーの中ではかなり高い。

扉を開けると、店全体から大人の雰囲気が醸し出されていた。

翼は気おくれしたが、極めて自然を装ってカウンターに座った。

バーテンダーは、いらっしゃいませと言いながら、翼を二度見した。

無理もない。

翼は「見ようによっては中学生」なのである。

中学生が、虚勢を張ってバーに来た、と思われても仕方がない。身分証明書などを求められるかもしれない。

「あ〜、来るんじゃなかった。横田先輩に頼めば良かった」

横田調査官が税務署に入ったのは、香野税理士が税務署を退職した後のことであり、彼も面識はなかった。だから横田と翼のどちらを内偵に行かせるか、渋沢統括官は迷っていたのだ。

しかし、横田は、強面《こわもて》の顔をしており、見る人が見れば国税調査官というのがばれてしまう。特に香野のような勘のいい税理士が見れば、アウトとなる可能性も高い。

そのため、新米で童顔の翼が、内偵調査要員に指名されたのだ。

でも、新米の翼に、一人で内偵調査に行かせることに、渋沢統括官は若干の後ろめたさがあったらしく、何度も「嫌だったら、横田に行かせるから」と念を押したのだ。

翼は、香野税理士への興味もあって、内偵調査を引き受けたのだ。

翼は、バーテンダーに怪しまれないように、必死に「平然とした表情」をつくった。

そして、自分がどうにか飲めるカクテルを注文した。

「カ、カ、カシスオレンジ」

どうやら通じたようで、バーテンダーは黙って頷《うなず》いた。

ほっと安堵《あんど》したそのとき、いきなり誰かがポンポンと肩をたたいた。

「内偵調査ご苦労様」

（え、え、えーっ）

絶句。

な、なんと、そこにいたのはあの脱税請負人の香野税理士だった。

翼は、税理士会名簿の写真を見て香野の顔を知っていたが、香野税理士は翼の顔は知らないはずだった。

「岸本さんだったよね？」

「なんで私の名前を？」

「この辺の税務署の調査官の名前と顔はだいたい知ってるよ」

「な、な、なぜです？　どうやって？」

「全員の顔写真データを保管してあるんだ」

（なぜ税務署員の全員の顔写真を⁉）

香野は嘘か本当かわからないような、茶目っ気のある笑みを浮かべた。

「どうやって顔写真を？」

「それは企業秘密。一人一人の住んでる場所、性格、趣味、女性署員の場合は、スリーサイズまでチェックしてるんだ」

「ほ、ほんとうですか？」

翼が真剣な顔で聞くと、

「そんなわけないでしょう」

と、あっさり返された。

「そ、そうですよね」

翼は、翻弄されているようで、少し焦った。

「でも、岸本さんのバストが八十センチ以下だってことは、わかっていますよ」

翼は頭に血が上った。

「脱税で摘発する前に、セクハラで訴えますよ！」

「おーこわ。脱税で摘発するって、私はなんの罪もないごく真面目な税理士なのに」

「いつか、あなたの脱税を暴いて見せますから」

「噂にたがわぬ鬼姫ですね」

そう言いつつ、香野は急に優しい表情になって言った。

「でも女の子が一人でバーに内偵調査なんて来ちゃダメだよ。怪しまれるし危険だよ。繁華街には私みたいにいい人ばかりじゃないんだから。最近の統括官は、そんなことも知らないのか。税務署のレベルも落ちたもんだ」

（や、やばい）

なぜか、今まで感じたことのない妙な感情が、翼の体中を駆け廻《めぐ》った。

香野税理士の印象は、想像していたのとはまったく違った。

長身でメガネをかけ、真面目そうな表情。大学の研究員か、本屋の店員のような雰囲気である。

とても、税務署を震え上がらせている「脱税請負人」という感じはしない。

悪徳税理士というより、税務署の優しい先輩という感じなのだ。

税務署の先輩というのは、みな面倒見がいい。

先輩たちは、なんの得にもならないのに、後輩に熱く税務調査の方法を教える。飲みに行けば、必ず奢ってくれる。

税務署員というのは、基本的に「良い人」なのである。

そういう先輩たちの誰よりも、香野税理士は優しい雰囲気を持っていた。

また香野税理士は、税務署員たちに対して氷のように冷たい態度を取るとも言われていた。

(なのに、なに？　この気さくな感じは)

「香野さんは、調査の天才だったそうですねえ」

翼は皮肉をこめて言った。

香野が答えあぐねているのを逃さず、翼は続けた。

「でも、ハートはとっても弱いんですねえ。納税者が自殺したからって、税務署に来られなくなって」

それまでの香野の人を食ったような表情が、一瞬、大きく崩れ深い影が現れた。翼は、言うんじゃなかったと後悔した。

いや、脱税請負人なんかに同情する必要はないじゃないか、そう思い直したときには、香野はすっかり元のとぼけた顔に戻ってこう言った。

「岸本さんも調査の天才って言われているんだって？」

「さあ？」

「岸本さんは、税務調査の本当の怖さをまだ知らないんだよ。僕は税務調査なんて仕事は怖くて続けられなかった」

「怖さってなんですか？」

「自分が壊れていく怖さ」

「自分が壊れていく？」

「岸本さんは、今の仕事、好きですか？」

翼はしばらく考え込んだ。好きか嫌いかということで、仕事を考えたことはあまりなかった。境遇的にやむを得ず税務署に入り、与えられた仕事をしている。自分の仕事は評価され、それは嬉しくないこともない。が、では仕事が好きかと聞かれれば、答えはすぐには出てこなかった。

香野が、続けて言った。

「まあ、岸本さんの時期だと好きか嫌いかを考える暇もなく、無我夢中で取り組んでいるって感じでしょう？」

まさにその通りだった。

「ま、まあそうです」

「でも、どんなに忙しくても、自分が今何をしているのか、これから何をしたいのかはちゃんと考えるべきですよ。先輩風を吹かして申し訳ないけど」

翼は戸惑った。香野の言葉には、何か妙な重みがあるのだ。上司や先輩から聞かされてきた説教とはまるで違う、妙な重みが。しかも、それは、翼の今の状況を的確にとらえた言葉のようでもあった。翼は、一瞬、信頼できる先輩に人生相談しているかのような錯覚に陥った。

が、すぐに覚めた。

「おっと、内偵中の鬼姫さんにはこんな無駄話を聞いている暇はないんでしたね」

香野はまた先ほどのおどけた言い回しに戻った。

「せっかく内偵調査に来て、手ぶらじゃ帰れないでしょうから、とっておきの情報を教えてあげましょう」

「実はこのバーはね、毎日二万円売上を抜いているんですよ、夜中にこっそり貸金庫に預けに行っているんです」

「ちょっと先生、変なことを言わないでくださいよ」

カウンターの奥からマスターらしき人物が口を挟んでいた。今まで気づかなかったが、その人物は忙しく仕事をしているふうをして、さっきからずっと聞き耳を立てていたらしい。

「こっちは真面目に申告しているんだから。また税務署に来られたらたまったもんじゃない」

香野とマスターの軽口を聞いているうちに、翼は我に返った。

この内偵調査は大失敗である。

内偵調査をしていることが調査相手にばれるなどというのは、調査官にとって最大の恥だった。

香野に完璧にしてやられたわけだ。税務署に入って初めての完敗だった。

しかし翼に屈辱感はまったく感じられなかった。

得体の知れない衝撃。けれど決して心地悪いものではない。

これは一体何？

翌日、翼は、内偵調査の失敗を渋沢統括官に報告した。

「そうか、お前の顔を知っていたのか。それは思っていたより相当手ごわいなあ」

「でもどうやって、税務署員の顔を覚えたんでしょう？　嘘か本当か、南町税務署の署員は、全員分の顔写真を持っていると言ってました」

「やろうと思えばできないことはないだろう。税理士同士が協力して、税務署員と立ち会ったときに隠し撮りしておけば」

それを聞いていた〝内偵の鬼〟の立花上席が話に入ってきた。

「税理士としては、税務署員全員の顔写真があれば、武器になることは間違いない。内偵調査などに来たときに見破りやすいから。でも、そこまでする税理士は今までいなかった」

すると、広瀬上席も加わってきた。

「香野は、まるで税務署を相手に戦争をしているような感じですね」

渋沢統括官は難しい顔をして言った。

「税務署を徹底的に調査しているということか……香野は、税務調査の天才だからな。その能力を、税務署に対して全力で向けているのかもしれん。こっちは、人を調査するのは慣れているが、人から調査されるのは慣れていないからな。これは、かなりシンドイ戦いになるかもしれんなあ」


税務署の建物はボロい。

南町税務署の建物も、半世紀前に建てられたものだという。

黒ずんだ手すり、しみだらけの壁、古い建物特有のにおい。昭和四十年代の町役場のような感じである。

なぜ税務署の建物がボロいのか、翼は先輩に聞いてみたことがある。

「税務署の建物が新しいと、日頃、厳しく税金を取り立てているのに、自分たちは贅《ぜい》沢《たく》をしているようなイメージで見られるだろう？　だから、税務署の建物というのは、官庁の中で一番最後に建て替えられるんだ」

税金を取っているのは自分たちなのに、それを使うのは一番最後。税務署員としては、なんとなく納得いかない話ではあったが、それが「税務署の仕事」というものなのだろう。

翼は、税務署の仕事に文句はなかったが、このボロいオフィスだけは、耐えられなかった。

税務署には、広い書庫がある。古い学校の倉庫のようで、税務署の中でも特に気味が悪い場所だ。

ここには納税者の情報や、過去の調査情報の資料が納められている。調査官たちは、税務調査をするためには、嫌でもこの書庫を訪れなくてはならない。

書庫の棚はハンドル式で、移動する仕組みになっている。薄暗いし、棚の高さは二メートルくらいあり、完全に人影を隠してしまう。誰も人がいないと思って、棚を動かそうとすると、「いるぞ〜」とどこからか声がしたりする。

翼も、書庫で資料を探しているときに、急に棚が動き出して、挟まれそうになったことがある。各棚には、ずっしりと資料が積まれているので、これに挟まれたら、下手をすると死亡してしまう。資料を調べるのも命がけである。

翼は、香野税理士の顧問先の資料を集めるために、この書庫に籠もっていた。

すると、誰かが、書庫に入ってくる気配がした。

ハンドルを回して、棚を動かそうとする音がしたので、翼は慌てて「あ、ここ、います」と声を上げた。

「あら、翼ちゃんいたのね」

加藤上席の声だった。

加藤上席は、三十代後半のはんなりとした女性調査官だった。いつも姿勢が良く、所作が美しく、しかも優しかった。税務調査に関しても非常に優れた手腕を持っており、かつては特別調査班にもいた。

調査のときには、優しい表情を崩さないまま、脱税者を理詰めで追い詰めていくそうで、「マニアにはたまらないだろう」などという不埒《ふらち》な男性同僚もいた。

男性調査官たちにとっては、長い間、憧れの存在となっていたが、未婚だった。美人なのに結婚しないことに周囲は様々な憶測をし、「男嫌い」とか「頭が良すぎて男が近寄れない」などとも噂されていた。

翼は時々「加藤二世」と言われることがあった。

そして加藤上席は、香野税理士の同期で、彼のことを非常によく知っているという話だった。

「昨日、香野さんに偶然会ったんですけど」

翼がそう言うと、加藤上席の頬が、少し紅潮した。それは当惑と懐かしさが入り混じったような表情だった。

「香野さんってあの？」

「そう。脱税請負人の」

翼と加藤は、その日のランチに一緒に行くことになった。場所は、税務署近くのファミレスである。

加藤上席とランチをするのは、初めてだった。

同じ女子職員同士、飲み会などで時々話すことはあったが、二人だけで面と向かって食事などはしたことがなかった。

翼は、昨日のことを一通り加藤上席に話した。

「香野君、そういうこと言ってたの」

加藤上席はため息をついた。

「噂とは全然違う人でした。冷たい感じはしなくて」

「あの人は、すごく頭が良くて勘が強い人だけど、その分、ナイーブでね」

「そうでしょうね」

「経営者が自殺したから税務署やめたってのは知っているでしょう？」

「はい」

「でも本当はそれだけじゃないのよ」

「えっ？　まだほかに何かあるんですか？」

「その少し前に香野君の同期が自殺したのよ。つまり私の同期でもあるんだけど」

「なんで？」

「税務調査がうまくなくて。追徴税が取れなかったのよ。それを上司が散々責めて、ノイローゼみたいになってしまって」

「そういう話、全然、知りませんでした」

「国税の恥部だから、表沙汰にしていないの。彼は、うつ病で自殺したということになっているわ。周りにいた職員は本当のことを知っているけれど、誰もそのことを話さないし。みんな深く考えないようにしているんでしょう」

「でも、追徴税が取れなくても、首になったりはしないんだし、なぜ自殺なんか」

「あなたは、税務調査がうまいからわからないでしょうけど」

「いえ、そんな」

「税務署の調査官って、追徴税を取ってくることが偉いという価値観があるでしょう?」

「は、はい」

「追徴税を取れない人は人じゃないみたいな」

「ま、そうですねえ」

　翼にも、思い当たる節はあった。

　翼は、最初から税務調査で好成績を挙げていたので、追徴税が取れないということで怒られたことも、悩んだこともない。

　しかし、そういう事実を見聞きしたことは何度かある。

　税務署一年目のとき、隣の部門の調査官が、統括官からこっぴどく叱られているのを見たことがある。

「お前、今年はまだ百万円も追徴税を挙げていないじゃないか？　よくそれで給料もらっていられるな。お前は、国家に損失を与えているんだぞ！」

その調査官は、これ以上は下げられないだろうというくらいコウベを垂れていた。

税務署の中では、暗黙の了解で、「調査官は少なくとも自分の給料以上の追徴税を挙げてこなくてはならない」とされていた。

しかし、本来、税務署の役割というのは、納税者が正しく申告する環境を整えることであり、追徴税を稼ぐことではない。納税者の申告に誤りがなく、追徴税が発生しないならば、本来は喜ばしいことなのだ。だから、自分の給料以上に追徴税を稼がなくてはならない、というのは、まったく理不尽な話なのである。

翼もその理不尽さを薄々感じてはいたが、自分がそういうことで責められたことはないので、実感がなかったのだ。

なるほど、考えてみればおかしな話ではある。

税務調査のノルマを気にするあまり、無謀な調査を行う調査官も多かった。

申告内容におかしい点はまったくないのに、大声を張り上げたり、ちょっとしたことで難癖をつけたりして、納税者に嫌がらせをする、そして事務所に居座ったままいつまでも帰らない。

それに耐えられず納税者側が、自発的に「ありもしない非違事項」を認め追徴税を払うというケースも多々あった。

税務関係者の間では「おみやげ」という隠語があるくらいなのだ。

「おみやげ」というのは、調査官は追徴税なしでは税務調査を終わらせられない、だから税務調査を早く終わらせてもらうために、納税者側があえて軽微な間違いを用意しておく、つまり「おみやげ」を持たせる、ということなのである。

これは、実際の税務の現場で本当に言われ続けていることなのだ。

今の税務行政に歪んだ性質があるのは、翼も否定できないことだった。

加藤上席は静かに続けた。

「自殺した同期は、とても真面目な人でね。一生懸命に頑張っていたの。でも、真面目に頑張れば、追徴税が取れるってわけじゃないでしょう？」

「たしかに」

「香野君とは一番仲が良かったの。香野君は、むしろそっちの方がショックだったんじゃないかな」

「香野君がやめるときにはね、税務署の税務調査なんて誰も幸福にしていないって、言ったことがあった」

「そんなことも言ってたんですか」


翼は、考え込んだ。

叔父が言っていた言葉が、今ごろになって鈍痛をともなって響いてくる気がした。税務署の仕事は、確かにきれいごとでは済まされない。今、自分は、追徴税をたくさん稼いでいるからいいものの、もしそうでなかったら……

また今後、後輩を指導する立場になったり、部下を持つようになったら、「税務調査のノルマ」という問題とは、嫌でも向き合わなくてはならなくなるだろう。

しかし、翼は、さっきからまったく別のことが気になり始めていた。

「それにしても、加藤上席は香野さんのこと、なんでそんなに知っているんですか？」

「なんでって、同期だったし」

困ったような顔をした加藤上席を見て、翼は、少しいたずらっ気が出てきた。

「それにしても、知りすぎじゃないですか？　なんかあったんじゃないんですか？」

それを聞いて、加藤上席はまたちょっと頬を紅潮させ、固まってしまった。

翼は、ちょっとした冗談のつもりだったのに、加藤上席は本気で動揺している。

（本当になんかあったのかも……）

「あるわけないでしょう」

すぐに加藤上席はいつものような凛《りん》とした表情に戻った。

「香野さんって噂で聞いたのとは全然違ってました。無遠慮で失礼でしたけど、気さくな感じがして」

「あなたが可愛いから、話したかっただけじゃない？」

加藤がいたずらっぽく笑った。翼が動揺する番だった。

「そんなこと……でも、なんかユーモアもあって」

「そうね。本当は、明るくて、口は悪いけど優しい人だったわ」

加藤上席は、明らかに遠い日の香野のことを思い浮かべながら、そう言った。

翼は、加藤と香野のことが気になって仕方がなくなってしまった。

それは好奇心だけではない、翼の何か胸の奥の狭あいなところから湧き出てたような感情だった。

第五章　架空領収書

バー「クリスタル」の内偵に失敗した南町税務署では、次の手を打たなくてはならなかった。

そこで翼が、小手調べ的に、香野税理士の顧問先に「事前通知調査」を行うことになった。

事前通知調査というのは、あらかじめ「何月何日に税務調査を行いたい」ということを納税者に通知して行う税務調査のことである。

何度か触れたように、税務調査のほとんどは任意調査である。

任意調査の場合は、納税者の同意を得て税務調査が行われる建前になっているので、本来はすべて「事前通知」で行われるはずなのだ。任意調査での抜き打ち調査というのは、現金商売や飲食店など一部の業種に特別に認められているだけなのだ。

翼の所属している特別調査班というのは、本来は、抜き打ち調査専門である。

しかし、時には事前通知調査を行うこともある。

抜き打ち調査をした方が、脱税を発見する確率は高い。

しかし、抜き打ち調査に失敗すれば、税務署側のダメージは大きい。

いくら調査する権限があるとはいえ、抜き打ちのガサ入れ調査は納税者に強い反発心を起こさせる。何もなかったとなると、納税者から見れば「痛くもない腹を乱暴に探られた」ということになり、税務署は批判にさらされるのだ。だから、むやみに抜き打ち調査をするわけにはいかない。

しかも、南町税務署はクリスタルで内偵調査を失敗している。

そのため、今回は抜き打ちではなく、事前通知の調査を行うことになったのだ。

事前通知で行う税務調査の場合、調査官にはより智恵と工夫が必要となる。

納税者側から見れば、税務署が来ることはわかっているのだから、帳票類もオフィス内も綺麗に整理している。都合の悪いものはすべて処分しているはずだ。

調査官は、納税者が提出してきた〝出来上がった〟帳票類や、聞き取り調査などで、脱税の端緒を見つけなくてはならないのだ。

先頭バッターに翼が選ばれたのは、相反する二つの理由がある。
一つは、翼の調査能力が高いということである。
翼であれば、なんらかの「手柄」を立ててくるかもしれないという期待を持っての
ことだ。
もう一つの理由は、翼はまだ二年目の調査官であり、もし失敗しても、税務署とし
ては言い訳が立つということだ。
特別調査班のベテラン調査官を派遣して失敗すれば、税務署のダメージも大きいし、
調査官自身もプライドを傷つけられることになる。
つまり翼の抜擢は捨て石的な意味もあったのだ。
翼としても、それは重々承知している。
(自分の目で香野税理士がどれほどのものか、確かめてみたい)
そんなことをぼんやり考えながら出勤の支度をしていると、母の真理子が声をかけ
た。
「あれ、珍しいわね、化粧にそんなに時間がかかるなんて」
そう言われれば、いつもは要領良く短時間で済ませる化粧も、就職説明会のときに

教えられた手順通りに丁寧に行っていた。しかも、一番お気に入りの薄いピンクのスーツを自然に選んでいた。

翼の調査先に選ばれたのは、「松本興業」という水道工事関係の会社である。

創業四十年、水道工事業者の中では老舗の部類に入り、地域の業者の取りまとめ役にもなっている。派手に利益が急増しているようなことはないが、手堅く儲けているようだ。

これまでも何度か税務調査が入っており、重加算税を取られることもしばしばあった。

翼は、この調査でも、いつものように事前にオフィスの下見をした。経営者の顔ものぞき見した。いかにも人の好さそうな、誠実そうな小太りの中年男である。

そして、「この人は脱税をしている」という予感を得た。

パッと見、善良そうな人でも、脱税を繰り返すことはしばしばある。脱税は、他の犯罪行為よりもハードルが低いらしく、警察のお世話になど絶対にならないような人でも、税金だけは誤魔化してしまうというケースはけっこうあるのだ。

松本興業の経営者もそのタイプだと翼は踏んだ。

中小企業の税務調査というのは、一般の人が想像する「税務調査」とはかなり異なる。税務調査というと、大勢の調査官がどっと押し寄せるというイメージを持たれがちだが、それは大企業や大規模な脱税摘発のときのことなのだ。

普通の小さい企業の税務調査では、調査官はだいたい一人か二人しか派遣されない。期間もせいぜい二日から三日の間である。

少し規模の大きな会社では、調査官が二人で行くこともあるが、今回の場合、翼は一人でやることになった。

当初、渋沢統括官は、ベテラン調査官を一人つけようと言っていたが、翼が「一人の方が気楽なので、一人で行かせてほしい」と申し出たのだ。

調査の日、調査官はだいたい午前十時ごろに会社を訪れる。

それ以前では早すぎて会社に迷惑だし、それ以降では遅すぎて調査時間が足りなくなるからだ。

翼は、いつもの癖で、調査先の松本興業に着いたときには十時を少し回っていた。

翼は何事もきっちり、そつなくこなす性格なのだが、時間だけはルーズなところがあった。自分では遅れるつもりはないのだが、普通に準備をしているとなぜか遅れてしまうのである。初めて税務署に登庁したときも、遅刻してしまったほどである。

「そういうところは直せ」

と常日頃、渋沢統括官からうるさく言われていることだった。

しかし、こればかりはどうしても直せなかった。

会社に着くと、先方では待ち構えていたらしく、年配の女性が、うやうやしく応接室に案内した。すでに香野税理士は来ており、経営者と何か笑いながら話していた。

翼に気付くと、「やあ、お久しぶりです」と陽気に声をかけてきた。

その気軽な明るさに面食らい、柄にもなくモジモジしてしまった。

税務調査はあいさつから始まり、世間話、会社概要の聞き取り調査の順で進んでいく。

翼は、この世間話というのが得意ではなかった。

先輩の調査官の中には「世間話は脱税情報の宝庫」「世間話を半日続けられれば調

査官として一人前」などと言う者もいる。

しかし、翼は、今どきの若者であり、自分の興味のあることがあればとことん聞くが、そうじゃないときは早く自分の作業を始めたいと思うタイプだった。

香野税理士はそれを見透かすように言った。

「岸本さんは、調査上手という噂だけど、世間話はできないの？　税務調査は世間話が大事って習わなかった？」

まるで税務署の先輩のような口調に、なぜか翼は顔が真っ赤になってしまった。

（これは陽動作戦？　私を心理的に揺さぶって、調査を妨害しようっていうの？）

翼は、香野には答えず、経営者に向かって言った。

「金庫と現金のチェックをさせてください」

税務調査では、会社の金庫内や現金のチェックを行うことがある。

事前通知しているので、会社は金庫内や現金の保管などは、すでに整理整頓しているはずだ。だから、あまり意味があるものではない。

しかし、稀《まれ》に現金の残高が合わなかったりする場合がある。

そのときには「現金の管理さえできていないのだから、経理内容もずさんなのでは？」と問い詰めることができる。そうやって、少しでも納税者側の弱みを見つけ出すというのが、調査官の仕事なのだ。

因果な商売ではある。

金庫や現金をチェックしても、不審な点は見つからなかった。

現金も現金出納帳の残高とばっちり合った。

それはそれで調査の目標が立てられる。

少なくとも、ずさんな経理をしている会社ではない。

翼は、さっそく帳簿調査に入ることにした。

帳簿を調べるといっても、その帳簿は調査先が用意したものである。都合の悪いことが書いてあるはずはない。だから、帳簿なんていくら見ても、脱税の端緒がわかるものではないんじゃないか、と思う人もいるだろう。

しかし、調査先が用意した帳簿から脱税が発覚することも多々あるのだ。

帳簿というのは、その一つ一つの数字は、矛盾がないようにつくられている。

が、数期間分の帳簿を並べてみれば、矛盾が浮かび上がってきたりすることもあるのだ。

たとえば、売上がこの三年間で急増しているのに、利益はまったく伸びていなかったとする。これは、なんらかの操作をして利益を圧縮し、税金を逃れている可能性がある。

なぜ利益が出ていないのか、さらに帳簿の細かい部分を読み込んでみる。すると、売上が増加している分だけ、人件費も増加していることがあったりするのだ。

となると、架空の人件費を計上している可能性がある。もちろん、単に、「売上が伸びたので、人を雇った。その人件費がかかりすぎて、利益を喰ってしまった」というだけの場合もある。

が、とにもかくにも、帳簿を時間の流れで見ていけば、どこかに不審な点が見えてきたりする、それを起点にして調査を展開していくのだ。

翼は、それを見つけ出すのも非常にうまかった。

過去三年分の帳簿をざーっと見たとき、不審な点に気付いた。

二年前は、売上がかなり大きいのに、期末になって、大きな外注費の支払いがあり、売上が増えた分の利益が消し飛んでいるのだ。

「売上が多い年の期末」

というのは、税務調査において要注意項目である。

企業経営者というのは、売上が多くて景気のいいときでも、税金対策というのはあまりやらない。税金のことを考えるよりも、目先の商売のことの方が大変だからである。

ようやく期末になって税金の計算をしてみて、その額の大きさに驚き、慌てふためく。

しかし、その時期から節税をしようと思っても、そう簡単にできるわけではない。その結果、無理な節税（つまり脱税工作）を行ってしまうのだ。

だから、「売上の多い年の期末」には、帳簿になんらかの細工がしてあるケースが多いのだ。

翼は、二年前の決算の期末経理処理に焦点を絞って、調査を進めることにした。

調査がうまい調査官というのは、焦点の絞り方がうまいのである。

中小企業とは言え、全部の帳簿をくまなく調べようと思えば、かなり時間を労してしまう。税務調査の時間は限られているので、それはなかなかできない。なるべく「怪しい部分」を集中的に調査することが、「上手な調査」のコツなのだ。

ちょうど、そのころ昼になった。

税務調査では、十二時から昼食休みを取るのが通例である。

調査官も、調査先の経営者や税理士も、昼食は取りたい。

だから、お互い、その時間は邪魔しないというのが、暗黙の了解になっていた。たまに昼食も取らずに調査を続ける調査官もいるが、そういうことをすると調査先や税理士にとことん嫌われてしまう。

翼も、そろそろ休憩しようと、帳簿から顔を上げたとき、香野税理士の笑みを含んだ視線が、ばっちりと翼の目をとらえた。

「昼食に行きましょうか？」

「えっ、私は自分で昼食取りますから」

「弁当でも持ってきたの？」

「いいえ、この辺で探します」

「この辺は、あまり食べるところないよ。社長とこれから一番近いファミレスに行く予定だから、無理しないであなたも来なさい」

香野税理士は、また税務署の先輩のような口ぶりで言った。

国税調査官は、原則として利害関係者と飲食を共にすることは禁じられている。しかし、税理士は、元税務署員である場合が多く、先輩後輩の間柄でもある。実際には、税理士と飲食を共にしたことがない調査官はいないのである。

だから税理士が調査官を食事に誘うということは、珍しいことではない。

だが、相手はあの「モンセン」である。

噂では、税務調査のときには、昔の同僚とも一切、親しげな会話は交わさないし、一緒に昼食を取ることなどあり得ない、という。その香野税理士が、昼食を誘っているのである。

翼は、微妙な気持ちになった。

というより、本当は行きたいと思っていた。

しかし翼の中の理性が「断るべきだ」とうるさくせっつく。

「私は車で来ていますので、自分で行きます」

「そういうことを言うものじゃないよ。別に御馳走してあげるわけじゃないし。貴重な情報が得られるかもしれないよ。モンセンの」

香野税理士は、自分が税務署員の間でモンセンと言われているのを知っているのか……一体、どういう情報網を持っているのだ？

が、確かに、香野税理士と接触する時間が長ければ、それだけ情報が得られるかもしれない。

そう自分に言い訳して、翼は、香野税理士たちと一緒に昼食に行くことにした。

ファミレスに着くなり、香野はまた軽口をたたいた。

「なんか前よりきれいになったんじゃないですか？」

翼が答えられずに黙っていると、さらに。

「でも、中学生が頑張って化粧しているみたいですねえ」

翼がムカッとするとさらに香野は続けた。

「気を付けてくださいよ、社長。この調査官、こんな可愛い顔して、情け容赦なく税金を取り立てるって、業界では有名なんですから」

「失礼なこと言わないでください！」

翼は、そう答えるのがやっとだった。

税務署というのは、古い男社会でセクハラめいたことを平気で言う男性調査官も多いので、こういうことには慣れているはずだった。が、香野税理士の言動には、いろいろ意表をつかれてしまうのだ。

香野税理士は、普段の調査時には、調査官とは時候のあいさつすらしないという。

(なのに、このわかりやすく図々しい接し方は、なんなの？　ヤバい、ヤバい、こういうことでかく乱されると向こうの思うつぼだ……)

翼は、自分にそう言い聞かせ、努めて平静を装った。


午後から、帳簿調査を再開した。

翼は、経費の支払先をすべてコピーしていた。

それを家に持ち帰って、パソコンに読み込ませ取引先名簿をつくるのだ。

何百もある取引先を全部パソコンに読み込ませるというのは、かなり大変な作業である。普通の調査官は、そこまでやらない。

特に男性調査官は、こういう作業をしたがらない。

そういう作業で何時間もかかると、他の仕事ができないし、やったところで、徒労に終わることが多いからである。

しかし、そういう地道な作業で手を抜かないのが、翼の強みでもあった。

翼から見れば、なぜこういうことを他の調査官がやらないのか、不思議でもあった。頭を使わなくていい作業なので、そう疲れることもない。部屋でテレビを見ながらでもできる。

税務署の調査官の間では、「税務調査は現場がすべて」という〝信仰〟があった。「税務調査というのは、どれだけ多くの生《なま》の情報を集めるかが、勝負なのだ。税務署内でいくら調べたって本当のことはわからない」

というのである。

特に、年配の調査官はそういう傾向があった。

しかし、翼はそうは思わなかった。

翼は、物心ついたころからパソコンのある生活をしていた。

パソコンで調べ物をしたり、パソコンで生活の様々なデータを保管したり、整理したりすることは、生活の一部となっていた。

だから現場で収集した情報をもとに、パソコンを使ってさらに深度のある調査をするというのは、ごく当たり前の発想だった。

パソコンに入力した取引先を打ち出し、税務署のパソコンで照会をかける。

税務署には、普通に営業している企業は、申告資料などの全データがインプットされている。だからデータがない企業というのは、幽霊会社や架空会社ということになる。

脱税者は、しばしば幽霊会社や架空会社を使う。

幽霊会社に金を支払ったように見せかけ、架空の経費を計上するのだ。

企業などの場合、脱税する方法は二つしかない。

個人事業者の所得税や、企業の法人税というのは、収入から経費を差し引いた利益に対して課税される。ということは、収入を隠すか、経費を水増しすれば、利益を減らすことができて、税金を誤魔化せるのだ。逆に言えば、収入を隠すか、経費を水増しする以外に税金を誤魔化す方法はないのである。

収入を隠すというのは、売上の一部を計上しないということだ。

たとえば、飲食店で毎日の売上の中から五万円を差し引いて計上する、というようなことだ。つまり、毎日五万円、年間にすると千五百万円の売上金を誤魔化すのだ。

一方、経費を水増しするというのは、本当はありもしない支出をでっち上げたり、本当の経費よりも多く計上したりすることだ。

たとえば、ある会社が、まったく存在しない幽霊会社に一千万円を支払ったとして帳簿に記載するというようなことだ。

現金商売ではない一般の事業者は、売上を抜く脱税というのは、ほとんどできない。現金商売じゃなければ、原則として納品書や領収書のやり取りがある。

領収書は、いろんな場所で税務署が収集し、データ化しているので、領収書のある売上を誤魔化したりすれば、税務署から見つかってしまう可能性が高いのだ。

そういう事業者が脱税しようとする場合、必然的に「経費を水増しする脱税」をとることになる。

だから、翼は、松本興業では経費関係を中心に調査をすすめていたのだ。

経費関係のデータをすべて収集し、税務署のパソコンで照会すると、一件だけ怪しい取引先が出てきた。

その取引先は、熊野工務店という名称だった。

熊野工務店は、三年前から申告がなく休止状態となっていた。

が、松本興業は、二年前にこの熊野工務店に五百万円の外注費を払ったということになっているのだ。休止状態の企業に支払いがあったように見せかける、というのは、よくある脱税の手口である。

翼は、さっそく翌日の早朝に松本興業のオフィスに出向き、経営者に問いただした。都合がいいことに、まだ香野税理士は来ていなかった。

経営者は、わかりやすく困惑の表情を浮かべた。

そのときである。

「すみません、遅れまして」

そう言いながら香野が応接室に入ってきた。経営者は、ほっと安堵の表情を浮かべた。

経営者が香野から変な知恵を授けられる前にと、翼は約束よりも三十分早く臨場したのである。そのもくろみははずれてしまった。

しかし、今回は大丈夫なはずだ。

倒産した会社との取引を装っていたのである。「領収書」という動かぬ証拠もある。いくら香野でも、逃れられまい。

これで初めて、香野の脱税を暴くことができる！

しかし、翼の心の奥で、一瞬、またもや変な感情が走った。香野を追い詰めることに、躊躇するような。

（嫌なの？　なぜ？）

翼は、無理やりその感情を押し殺し、香野に「架空領収書」の説明をした。

それを聞いた香野は、意外なことに顔色一つ変えずに、こう言った。

「ああ、そういう指摘を受けることもあるだろうと思ってました。でもこれは架空取引ではありません、ちゃんと実体のある取引です。そうですよね、社長」

ポカンとした表情をしてやり取りを見ていた社長は、慌てて「ああ、そうです」と答えた。

「でも、倒産した会社ですし」

「倒産はしていませんよ」

「えっ？　だって、動いていませんし」

「この会社は倒産はしていません。なんの手続きもとっていませんし。今、会社が動いていなくて、社長がどこに行ったかわからないというだけですよ」

「でも、そういうのを倒産と言うのでは？　それに動いていない会社と取引しているのって、明らかにおかしいでしょう？」

「あなたは、この会社がいつから動かなくなったか知っているんですか？」

「だいたい二〇一二年の八月ごろだと考えられます」

「〝考えられる〟というだけでしょう？　明確な証拠があるわけではないでしょう？　この会社は、表向きは動いていませんでしたが、しばらくは内々で動いていたんですよ。そのときに取引をしたのです」

「その証拠は？」

「だから、そこに領収書があるでしょう？」

「だって、領収書があるからって、動いているとは限らないでしょう？　というか、動いていない会社の領収書だから、怪しいって、こっちは言っているんです。領収書そのものに、信憑性《しんぴょう》がないと言っているんです」

「信憑性がなくても、領収書は領収書でしょう？　もし、それが架空だとかニセだとか言うのなら、その証拠を出してください」

「えっ？」

翼は、香野税理士の言っている意味が一瞬わからなかった。

「鬼姫と言われた岸本さんも、まだ若いですねえ。こんなことも知らないんですか？　税務というのは、申告に不審な点があっても、納税者はそれを正しいと証明する必要はないんですよ。税務署側が、不正の証拠を摑んで初めて、申告を否認することができるんです。税務署が証拠を摑んでいないのなら、納税者の申告はそのまま認められるのです」

確かに、香野税理士の言う通りだった。

本来、税務申告というのは、納税者が自分で申告することになっており、税務当局は、その申告に明らかに誤りがあると認められるときだけ、是正や指導をできるのだ。

つまり、もし間違いがあるのなら、税務署側が証拠を揃えて、「これは間違いだ」と指摘しなければならない。

納税者側に「これは正しい」と証明する義務はなく、もし間違いだと証明する証拠を税務署が用意できなければ、納税者の申告が認められるのだ。

実は、税務の現場では納税者も調査官も、その辺のことが曖昧《あいまい》になっている。税務調査では、なんとなく調査官の方が立場が上のような感じになっているので、納税者側がなんでも証拠を揃えなければならないというような雰囲気がある。

が、厳密にはそうではない。

納税者側は、法的に定められた帳票類を揃えていればいいのであって、それ以上に「自分のアリバイを証明する」必要はないのだ。

翼も理屈ではわかっていた。

が、税務調査では、お互いが証拠を出し合って事実を確認するというのが、暗黙の了解のようになっていた。

だから、こう真正面から納税者の権利を主張されたことはなかった。確かに言われてみればその通りだし、返す言葉はなかった。

「だって、こんなに怪しい領収書」

翼は悔し紛れに言った。

「いくら怪しくても、それが黒と言えるための証拠は何も持ってないでしょう？」

「だから、この領収書が証拠です」

「それは証拠でもなんでもない。こっちはその領収書は、正しいものだと言っているんです。だから、それを否定するのなら、それだけの証拠を摑んでからにしてください」

「そんなこと、できるわけないでしょう？」

「なぜですか？」

「だって、倒産してどこに行ってるかもわからない経営者を捜し出すのは、無理でしょう？」

「じゃあ、否認するのは諦めるんですね」

香野は、片頰だけでニヤリとした。

（あ〜悔しい！　税務署に入ってこんなに悔しい思いをしたことはない！）

翼は、一瞬でも香野に同情的な感情を抱いたことを、強烈に後悔した。

「くそう、惜しかったなあ。この取引は間違いなく架空だろう。それにしても痛いところをつきやがる。架空だという証拠を出せ、とはなあ。夜逃げした相手を捜し出すのは、無理だし」

翼の報告を聞いた渋沢統括官は、これ以上ないというくらいの苦い顔をした。

翼も、これまで見せたことがないほど、しょげた表情をしていた。やはり負けたことが悔しくてたまらない。

特別調査班の面々が、渋沢統括官の机の前に集まってきた。みな、翼の税務調査の結果を早く知りたかったのだ。

立花上席が口を挟んだ。

「香野は、その取引が税務署に見破られることは、想定していたんでしょう。というより、わざとその取引先を使って脱税をした。夜逃げして証拠が摑めない相手を取引先に選んだわけだ」

「そういうことだろう」

渋沢統括官の表情は、さらに苦くなった。

「二重、三重の防御壁を準備しているということですね。奴は相当手ごわい」

広瀬上席も、渋沢統括官に負けないほど渋い顔をして言った。それを聞いて渋沢統括官は、自分に言い聞かせるようにして言った。

「しかし、これまでまったくわからなかった香野の脱税の手口の一端がわかったんだ。

今後につながる。よくやった」

翼以外の者たちによる税務調査では、脱税摘発につながるような事柄は一切、発見できていないのだ。それを考えれば、今回の翼の調査により、「架空取引を使った脱税をしているのではないか」ということがわかっただけでも、大きな進歩ではある。

しかし翼は、そんな慰めを受け付けられる精神状態ではなかった。

思い出すまい、思い出すまいとしても、気を抜けば、淡々と巧みな言い逃れをする香野の憎たらしい顔が浮かんでくる。

（くそう、今度こそ）

第六章　暴走する税務署

香野税理士のことは、国税局でも重要案件となりつつあった。

脱税請負人が跳梁跋扈《ちょうりょうばっこ》し、税務署を翻弄し続けているということは、国税局全体の威信を貶《おとし》めることである。近隣の事業者の間では、すでに噂になっているし、香野税理士に顧問を依頼する事業者も急増している様子である。香野税理士の方が、あまりの急増ぶりに業務が追い付かず、新規の顧客を断っているという。

国税局は、北町税務署と南町税務署に厳しく指示した。

「なるべく早く、香野税理士の顧問先の不正を摘発するように！」

税理士を名指しして、攻撃命令を下したようなものである。国税局が税務署にそういう指令を出すのは異例のことだった。

税務行政では、「国税と税理士は協力して納税者の適正申告を促す」という建前があり、国税があからさまに税理士を敵対視するようなことはこれまでなかったことである。しかも、たった一人の税理士に対して、である。

それほど国税側が切羽詰まっているということである。

そして、ついに北町税務署と南町税務署は、プライドを捨ててなりふり構わぬ方法に出ることになった。

北町税務署と南町税務署の特別調査班が共同して、香野の顧問先を三件同時に調査するというのである。

税理士は、税務調査の際には、顧問先に立ち会うのが通例である。顧問先に助言をしたり、税務署の無茶な調査をかわしたりする必要があるからだ。

しかし三件同時に税務調査が行われれば、三件とも立ち会うのは不可能である。北町、南町の税務署はそれを狙ったわけだ。三件のうち、二件は香野が不在中に抜き打ち調査をすることができる。

それは税理士から見れば、社会常識を逸脱した「税務署の暴挙」とも言えるものだった。税務署側もそういう批判は承知の上だった。

北町税務署と南町税務署の特別調査班が、香野税理士から何度も煮え湯を飲まされていることは、国税局全体にとっても大きな恥辱だった。

また今回の翼の調査の際に見せた香野の強硬な姿勢も問題視された。

「実体のない企業との取引」を発見されたのに、あくまで「取引の事実はある。否認するなら税務署が証拠を出せ」と強弁したのである。

普通の税理士であれば、「実体のない企業との取引」を発見された時点で、不正を認め、追徴課税に応じるはずだった。

法律を厳格に適用すれば、お互いが消耗する。

だから、「ある程度の線でお互い譲歩しよう」という、税務署と税理士の間の暗黙のルールがあった。そのルールを破り、頑強に「納税者の権利」と「税務署の義務」を主張し、一歩も譲らない。そういう税理士を許してしまえば、税務行政の根幹を揺るがしかねない。

だから、北町税務署と南町税務署は、絶対に香野税理士を「捕まえる」必要があったのだ。

それに翼の調査により、香野税理士がなんらかの脱税をしているということは、ほぼ確実だった。だから「力攻めで行けば、落とせるのではないか」という勝算もあったのだ。

今まで一度も、税務署から不正を発見されていない香野税理士にも、つけ入る隙はあった。彼は、昨今、急激に顧問先を増やしている。それらの中には、たちの悪い「脱税常習犯」も多く含まれていたのだ。

脱税をする者というのは、一般の人から見れば「頭のいい人」というふうに見られがちである。

しかし、それは決して真実ではない。

脱税というのは、計画性のない、無精者がする傾向が強いのだ。

脱税でもっとも多いパターンは、「申告する時期になって税金の多さに慌てて脱税をする」というものである。

国税が毎年、発表する脱税白書などを見ても、このパターンがもっとも多い。

つまり脱税者の多くは、事前に自分の税金を調整しておらず、節税策もほとんど講じていないのだ。そして、決算期が過ぎて、あまりの税金の多さに仰天するのだ。しかし、税金は、確定した後からは絶対に減らせない。そのために、やむにやまれず脱税してしまうのである。

急に売上が伸びたり、思わぬ収入が入ったりしたときには、多額の税金がかかってくる。

事業者は得てして、収入を伸ばすことには躍起になるが、節税については、考えていない。だから、急成長した企業などの脱税が非常に多いのである。

また前にも触れたように、脱税には常習性がある。

一度、脱税をした者は二度、三度と繰り返すことになる。

税務署から見れば、一回、脱税をした者に対しては、厳重な監視を行う。

「どうせまたやる」からである。

香野税理士が新しく顧問になっている事業者の大半は、このタイプなのである。

急に儲かって、いきなり多額の税金がかかってしまうことになり、なんとかしたいと思っている者。もしくは、今まで、何度も脱税を繰り返してきて、税務署に痛い目に遭わされてきた者。

そういう者たちが、香野税理士の噂を聞きつけて、顧問を依頼しているのだ。

彼らが、急に脱税をしなくなるはずはない。

たたけば必ずほこりが出るはずだ。

香野税理士がいくら隠そうとしても、顧問になってすぐに彼らのすべての傷を隠せるはずはない。

そういう者たちを三者同時に調査するのである。

どう考えても、香野税理士に逃げ道はない。

一人の税理士の顧問先を同時に複数件調査するというのは、税務署としては禁じ手とも言える手段である。

これまでも、一人の税理士に対して、集中的に税務調査を行うということは、時々あった。税務署にとって目障りな税理士に、圧力をかけるのである。しかし、それでも、一件一件の間隔は置くのが普通だった。

「三件同時」というのは、かつてないことである。

常識的に見ても、故意に税理士の同席をさせずに税務調査をするのだから、税務署としては「してはならないこと」である。税務署にそういうことを許してしまえば、税理士全体の問題ともなるので、税理士会も黙ってはいないだろう。

また一人の税理士を目の敵にして、国家権力がいじめているという見方もされかねない。特にネットの普及した現在、こういう情報が世間に出回れば、税務署はどれだけたたかれるか知れない。

さらに調査が失敗すれば、世間から散々批判されることになる。

しかし、巨額の脱税を発見したならば、「この税理士はこんなに悪いことをしていた。だから、こういう厳しい税務調査をしたのだ」という言い訳が立つ。世間も、巨額脱税に注意が行き、税務署批判には向かわないだろう。

北町、南町の税務署は、そういう計算をしていたのだ。


南町、北町の特別調査班にプラスして、両署の名うての調査官たち、総勢三十名が集められた。

調査先に選ばれた三件は、キャバクラ「ABC48」、ラーメン店「大和《やまと》」、そしてスナック「灯《ともしび》」。

キャバクラ「ABC48」とスナック「灯」は数年おきの税務調査で必ず脱税が見つかる「脱税常習犯」だった。

ラーメン店「大和」は近年急に人気が出て、雑誌の人気投票などにも選ばれている繁盛店だった。決算期直前になって、香野税理士が顧問になっていた。

「儲かりすぎて、税金をなんとかしてほしい」

と香野税理士に泣きついたものと思われる。

いずれも、脱税の疑いは、濃厚すぎるくらい濃厚だった。

日頃の税務調査を、普通にやっていれば、普通に脱税が発覚するはずだ。

でも、相手は、あの香野税理士である。

どういう手を使ってくるかわからない。

だから、両署は慎重に綿密に調査計画を立てた。

両署の調査官たちは、何度もミーティングを重ねた。

普段は、ライバル関係にある両署だが、今回ばかりはそんなことは言っていられない。最低でも、一件は、目を引くような脱税を見つけなければならない。

これほど大規模な税務調査は、南町、北町双方の税務署にとっても初めてのことだった。

マルサの税務調査のような規模だった。

マルサというのは、裁判所の許可を取って行われる。

しかし、脱税の証拠がないのに、これほど大規模の調査を行うことは、ほとんどない。もし、失敗すれば、税務署の大恥になるし、世間の批判は免れない。

内偵調査もかつてない規模で行われた。

南町、北町の調査官が内偵を行えば、香野税理士に面が割れているかもしれないということから、他の税務署の若い調査官たちに特別に頼んで、内偵を行ってもらったりもした。他署でも古い調査官であれば、香野に顔が知られているかもしれないからだ。

内偵調査の報告から割り出された数値を見ても、税金の申告額と、実際の営業状態にはかなり乖離《かいり》がある。つまり脱税の疑いが濃いという結果になった。


抜き打ちの朝、南町、北町の両税務署から、調査官たちが十一台の車に分かれて、三つの現場に向かった。

翼は、三件の現場のうち、もっとも脱税の可能性が高いとされているラーメン店「大和」に配置されていた。

ここに有能な調査官を集中させ、必ず脱税を見つけようという算段なのである。

翼は、複雑な心境だった。

一人の税理士の顧問先を三件同時に抜き打ち調査するなんて、まるで弱いものイジメそのもの。

そんな気もした。

(でも相手は、脱税請負人なんだ)

翼は、自分にそう言い聞かせた。

それと、同時に翼は、妙な不安にもかられていた。

あの香野のことである。

やすやすと税務署の手に乗るだろうか？

(いや、これほど大掛かりに準備しているのだし、これだけの人数を投入しているんだから、今度こそ逃げ道はないはず)

香野税理士が追い詰められることに対して、不意に寂しいような気持ちも湧き上がってきた。

(いかん、いかん、あいつは極悪人なのだ！)

ぼんやりとそんなことを考えているうちに、車は現場に到着した。

現場のチーフである北町税務署の田辺上席調査官が一人車を降りていった。

経営者に会い税務調査を行うことを告げるためである。

田辺が店の中に入っていった。

もうサイは振られた。

田辺が経営者と話をつけ、車に向かってスタートの合図をすれば、車内にいる面々が一斉に飛び出して、ガサ入れを始めることになる。

車内の空気が、だんだん緊張していくのがわかった。

その沈黙を破って、隣に座っていた横田調査官が小声で翼にささやいた。

「俺、ちょっとトイレ行ってくる」

翼は（またか）と思った。

横田調査官は、ガサ入れの前は必ず下痢をするのだ。特別調査班は、調査の成功（不正発見すること）を半ば義務付けられており、班員のプレッシャーは相当なものがある。横田はそのプレッシャーが腹に来るらしいのだ。

それにしても、この大事な調査でも下痢とは……まあ、大事な調査だからこそ、でもあるのか。日ごろ、ガサツな印象のある横田だが、内面は案外ナイーブなのだろう。

しばらくして、近くのコンビニから横田が戻ってきた。緊急事態は脱したが、まだ不安は抱えているらしい。さえない表情だった。

「さっさと調査始めてくれないかな」

思わず横田が口走った。

しかし、いつまで経っても、田辺は店から出てこなかった。

店の中で、経営者ともめているのだろうか？

経営者が、税務調査を渋っているのかもしれない。

田辺上席はベテランであり、調査上手で知られた人物である。よもや、経営者を説得できないことはないはずだ。

しかし、何分経っても何十分経っても、田辺は店から出てこなかった。

どうしたというのだ。

車内では、調査官の一人が、小声で「それにしても、遅いなあ」とつぶやいた。それは、みな感じていることだった。しかし、口に出しても仕方がないので、みな、それ以上は、会話を膨らませなかった。

小一時間ほど経って、ようやく田辺が店から出てきた。

それを見て、翼たちが車から飛び出そうとしたとき、田辺が車に向かって両手でバッテンをつくった。

車から出ようとしていた調査官たちは、一瞬、たじろいだ。

どういうことだ？

田辺が、車にやってきて、大声で言った。

「社長がいない」

えっ？

そんなはずはない。

経営者は、この時間は必ず店に入っているはずだ。それは事前の内偵調査で確認済みである。

なぜ今日に限って店にいないのだ。

田辺が詳しい状況を話し始めた。

「店員に、経営者はいるかと聞いたら、今日は会合でいないと言うんだ。連絡を取ってくれと言っても、大事な会合なので携帯は切ってあるから今は連絡がつかないと」

「そんなことってあるんですか。じゃ、どうするんですか？」

「店員にどうにかして連絡を取るように言っている」

「もう調査を始めましょうよ」

　思わず、翼が口を出した。

「岸本君、税務調査は経営者の許可がないと始められないんだよ。知っているだろう？」

「それは知ってます。でも……」

「俺だって、調査を始めたいのは山々だよ。でも、我々の調査は、あくまで任意調査だから、経営者の許可がないことには始められない」

「任意調査といっても、我々には質問検査権があるでしょう？　税務に関することは何を聞いてもいいし、何を調べてもいいという」

「質問検査権があるからって、相手がいないときに税務調査をしていいということではない。質問検査権は、あくまで相手がいるときに質問や調査ができる権利だから。

相手がいないときに無理やり税務調査するには、裁判所の許可を取って査察がやるしかないんだ」

「そうなんですか」

「岸本君は、調査の天才だそうだけど、まだ二年目だからな。まだまだ知らないことも多いだろうよ」

「じゃあ、私たちはどうすればいいんですか？」

「経営者と連絡がつくまで待つしかない」

「連絡はつくんですか？」

「それはわからない」

田辺上席の顔には、苦悩の色が見えた。

おそらく、今日中に連絡がつくことはないだろう。

店員も、税務署のものものしい雰囲気は、薄々気づいているだろうし、もし経営者と連絡が取れれば、まずそれを報告するはずだ。そうなれば経営者も「このまま連絡が取れないことにしてくれ」ということになるはずだ。

経営者が店に来る可能性はゼロだろう。税務署の調査官が大挙して来ているところに、みすみす戻ってくるはずはない。

田辺上席が、本部となっている北町税務署に電話をかけた。

「はい。経営者が捕まらないんですよ」

「えっ？　三つとも⁉」

「じゃあ、まだどこも調査は開始していないんですか？」

田辺の電話を聞いて、車内の面々は思わず顔を見合わせた。

自分たちは、運悪く経営者が不在で調査が始められないが、他の二つはもう税務調査を開始しているはずだと思っていたからだ。

三つの現場に同時の税務調査を行おうとして、三つとも開始できない。そんなことがあるのか？

一体、何があったというんだ？

香野税理士は、今日、三件同時に税務調査が行われることを知っていたとしか思えない。だったら、どうやって知ることができたのか？

三件同時に税務調査をすることなど、未だかつてないことである。それを事前に予測するなんて、神でなければあり得ないことである。

その日の午後、北町税務署の会議室で、対策会議が開かれた。

対策会議といっても、要は反省会である。

抜き打ち調査というのは、最初が肝心である。調査が開始できなかったら、ほとんど意味はないのだ。もし、明日、税務調査を行ったとしても、「抜き打ち」の意味はなくなる。向こうは、税務署が来ることがわかっているのだから、帳簿類などを綺麗に整理して、都合の悪いものはすべて処分するか修正しているはずだ。

だから、この日に税務調査ができなかったということは、もう今回の調査は敗北ということなのだ。

それにしても、なぜ香野税理士は、三件同時調査を知っていたのか？

誰もが、心の奥底に「ある疑念」を持っていた。

税務署の中に、香野税理士と通じている人間（つまり香野税理士のスパイ）がいるのではないか、ということである。

脱税請負人と税務署の人間が通じている、というのは、実は時々あることなのである。

というより、これまで脱税請負人とされている者たちの手口のほとんどは、税務署の誰かと組んで、税務調査の情報を流してもらったり、税務調査を回避してもらうというものなのである。

香野税理士の場合、これまではそういう気配は見られなかった。脱税請負人としては、むしろ珍しいとさえ言えた。

だが、香野税理士が、他の脱税請負人と同様の手口を使ったとしても、不思議ではない。香野税理士も国税ＯＢである。税務署員の中に知人は腐るほどいる。その中の誰かに頼んで税務署の情報を流してもらうということは、不可能なことではない。

香野税理士のような、完全に税務署と敵対しているような人物に、税務署の誰かが通じているかもしれない、というのは、税務署員にとっては恐ろしいことだった。

他の脱税請負人のほとんどは、税務署とは良好な関係を築き、税務署員とも頻繁に顔を合わせたり、飲食を共にすることでパイプをつくっていく。

だから税務署側から見れば、税務署員にやたらと近づいてくる税理士を注意していれば、ある程度は彼らの動きを封じ込めることができる。

しかし、香野税理士は、かつての同僚とは一切の連絡を絶ち、ことあるごとに税務署と対決姿勢を見せている。そういう税理士に、税務署の中で協力者がいるとするなら、それは相当に手ごわいことになる。

つまりは、香野税理士とそのスパイは、一時的な賄賂や饗応《きょうおう》などではない、もっと深い結びつきがあるのではないか?

そして香野税理士もそのスパイも、他の税務署員に一切悟られないように、関係を絶っているふりをしているのではないか?

税務署全体が疑心暗鬼に包まれた。

最初に疑われたのは、加藤上席だった。

加藤上席は、何度も幹部に呼ばれていた。しかし加藤上席は、まったく堂々とした態度を崩さなかった。

また、他の税務署員も、加藤上席の日頃の人柄を知っているので、「よもやそんなことはあるまい」という空気に落ち着いていった。

では、誰がということになり、誰かが噂にのぼっては消えていった。

香野税理士のかつての同僚に対する態度は徹底していて、誰から連絡が来ても一切応じないということだった。税務調査で、かつての同僚と出くわしても、世間話や昔話の類は一切せずに、まるで初めて会った者同士のような態度を取るという。

だから、スパイ説はやがて消えていった。

では、どうやって？

次には、香野税理士が、税務署内に盗聴器や盗聴カメラを仕掛けていたのではないか、という説が出てきた。そのため、北町税務署と南町税務署では、わざわざ業者を呼んで、調べさせた。

しかし両署ともそのようなものは発見されなかった。

香野税理士がなぜ三件同時調査を回避することができたのか、は、結局、両税務署ともわからないままに終わった。そして、香野税理士への恐怖心だけが増幅されることになった。

ここで読者だけに香野税理士の手口を種明かししておきたい。

スパイが税務署にいたわけでも、盗聴器を仕掛けていたわけでもない。

実は三人の経営者共に、店にいたのである。

香野税理士は、税務署の抜き打ち調査が来たら困るような顧問先（つまり脱税をしている顧問先）には、あらかじめ注意事項を渡して守らせていた。

しかし、それは、非常に単純なことだった。

・開店前に客が来た場合は、必ず店員が出ること
・その客がスーツ姿だった場合は、「今日は経営者は会合があるから不在だ」と言って、名刺をもらって一旦帰すこと
・自家用車で出勤しないこと

香野税理士は、いずれ抜き打ち調査が来るだろうということは予想しており、もし税務調査が来た場合は、経営者は絶対に調査官と会わずに、どこかへ隠れるか逃げるかをするという方針を立てていたのだ。

調査官が来ても店員が対応すれば、調査官は調査を開始できない。

調査を開始できなければ、店の内部を調べることもできないので、経営者が店のどこかに隠れていても、それを捜し出すことはできない。

そして税務調査は開店後には開始されない。

任意調査の場合、商売の邪魔をしてはならないという建前になっているので、よほどの合理的な理由がない限り、営業中に税務調査が開始されることはない。だから、開店前の時間だけ、経営者が来客に会わないように気を付けていれば、税務調査は一旦、免れることができるのだ。

そしてなぜ自家用車で出勤してはならないか、というと、自家用車で出勤すれば、自家用車があることを理由にして、「経営者はいるだろう」と店員が問い詰められる可能性があるからだ。しかし、自家用車で出勤していなければ、出勤の様子が調査官に見られていたとしても、「裏口から出ていきました」と言い訳すれば、調査官はそれ以上、追及することはできない。

北町、南町の両税務署の調査官たちは、「三件とも経営者がいなかった」という衝撃が大きすぎて、すっかり「事前に調査情報が漏れた」という方向にしか意識が向かわなかったのだ。

だから、「居留守を使っていた」という単純といえば単純な調査回避方法について思いが及ばなかったのだ。

第七章　幽霊会社の行方

三件同時調査という、前代未聞の大作戦に失敗した北町税務署と南町税務署は、「モンセン」を退治するための新たな対策を考えなくてはならなかった。

国税局からも何度も幹部が訪れ、会議が開かれていた。

「今度はマルサが動くらしい」

などという噂も流れた。

しかし、マルサが動くためには、脱税の容疑を固める必要がある。

香野税理士は脱税の端緒などほとんど発見されていない。そんな中で、マルサが動けるわけはない。

「マルサが全精力をかけて情報収集に乗り出したらしい」

そんなことを言い出す税務署員もいた。

マルサの動きというのは、マルサの査察官以外は極秘なので、もし事実だとしても
そんな情報が外に出るわけがない。単なるデマだろう。

しかし、国税局が全力を挙げて、香野を追い詰めようとしていることは確かだった。

翼は、心配になってきた。

何が心配なのかよくわからないけれど、心配でいてもたってもいられない。

このままでは、国税と香野は全面戦争になる。

どっちが勝っても負けても、翼はなぜか嫌だった。

香野はそう簡単に国税局に負けるとは思えないし、今度、メンツをつぶされたら国税局はどうなるだろう？

またもし国税局が、なりふり構わぬ物量作戦で香野をねじふせることができたら、香野はどうなるのか？

それを考えると声を上げたいほどの恐怖感があった。

全面戦争になる前に、なんとかしたい。

翼は、切実にそう思った。

そして、もう一度、松本興業の件を追いかけてみることにした。

自分の手で、香野の脱税を暴く。

そして、香野に脱税請負人をやめさせる……

松本興業の税務調査は、すでに一旦、終了することになっていた。

しかし、翼は統括官に内緒で調査を継続し、香野の脱税を暴くことにした。

松本興業の税務調査では、ほぼ架空取引に間違いないというものを発見しているのだ。証拠不十分で、課税できなかっただけである。

証拠固めさえできれば……

しかし、どうやって、証拠固めをするか？

それが問題だった。

証拠が不十分だったのは、架空取引（と思われる）の相手が夜逃げしてしまっていることである。

だから証拠を固めるためには、夜逃げしてしまった熊野工務店の経営者に会い、取引が架空であったことを証言してもらわなければならない。

これが実は難問だった。

警察の捜査ならば夜逃げした人を捜すというのは、そう難しいものではない。関係者に広く聞き込み調査などを行ったり、全国の警察署に情報提供を求めることができるからだ。

しかし国税局や税務署の場合、「夜逃げした人を捜す」というシステムがないのだ。何度も触れたが、税務署というのは、なるべく多くの税金を取るという使命を負っている。そして税金を取る場合、「取る税金以上に費用をかけてはならない」という鉄則がある。百円の税金を取るのに、百円以上の費用をかけてはならないのだ。

たとえば、離島に一万円の課税漏れした人がいるとする。

その人に税金を課しに行く場合、税務署員の交通費や人件費は、一万円では済まない。となると、その人への課税は断念する、ということなのである。

国税局や税務署というのは、非常に「現金な」組織なのだ。

だから税務署が夜逃げした人を追いかけるということは、まずないのだ。

夜逃げした人は、だいたいお金を持っていないので、税金を課しても払える見込みはない。そういう人は、税務署としては見逃さざるを得ないのである。

夜逃げした人を追いかけることは、税務署にとってはタブーとも言えるものなのだ。

翼は、このタブーを犯そうというのである。

もちろん、渋沢統括官や、同僚たちには内緒である。

限られた時間、限られた方法で素早くやらなければならない。警察のように広く聞き込みなどをすることはできない。

そもそも翼一人でそういうことをやっても、効果はたかが知れている。しかし、これ以外に方法は見当たらない。

翼は、まず銀行口座から熊野工務店の経営者の行方を探ろうと考えた。

熊野工務店の経営者一家は夜逃げしたと言われていた。

夜逃げしたとしても、いまどきお金の出し入れに銀行を使っていないはずはない。

経営者の名義の預金は、債権者からの追及をおそれて解約されたり、全額引き出されて放置されたりしているだろう。

しかし、家族名義の預金口座は残しておいて、生活口座として使用されているのではないか、翼はそう踏んだのだ。

税務署は、納税者の銀行口座を調べることが多々ある。

脱税している者は、隠し口座をつくっていて、帳簿から除外した売上金をそこに入金させているようなケースが時々あるからだ。

税務署は、銀行の口座を、かなり自由に調べることができる。

銀行にとって、税務署はお上である。

銀行の直接の監督官庁は金融庁だが、金融庁と国税庁は、同じ財務省系列の官庁である。また税務署は、銀行の税金についての調査権限も持っている。銀行は税務署には盾突けないのだ。

だから、税務署員は銀行を完全になめてかかっている。

税務署員は銀行調査をするときに、あらかじめ予約などはしない。いきなり銀行に赴いて、「この人の資産を調べさせてほしい」と言えばいいのだ。

一応、銀行調査のための税務署長名義の要請書などは、持っていくが、事実上、飛び込みでの調査が可能なのだ。

銀行にとっては迷惑千万な話ではある。

急に税務署員が来て、「顧客の資産状況を調査したい」などと言ってくるのだから。

税務署が銀行調査をする場合、税務署員に好き勝手に銀行の内部の書類を探させるわけにはいかない。

銀行には、重要な書類がたくさんあるし、現金などの資産もある。外部の人間に触れられては困る。

となると、行員が税務署員の相手をしなくてはならない。

税務署員を別室（応接室など）に案内し、つきっきりで税務署員の求める資料を出してこなければならないのだ。

普通の営業日なので、銀行員は通常の業務で忙しい。にもかかわらず、税務署員の言うことをいちいち聞いて、対応しなければならないのだ。

逆に言えば、税務署員から見れば、銀行調査ほど楽なものはない。応接室でコーヒーなどを飲みながら、口一つで、自分の欲しい資料を銀行員が持ってきてくれるのだ。

特に、若い男性調査官にとっては、銀行調査は嬉しいものだ。

若い女性銀行員が、専属となっていろいろな世話をしてくれることが多いからだ。

女性銀行員にとっても、若い男性調査官というのは、魅力がないわけではない。国家公務員という安定した職種についており、銀行に対して強い立場でモノを言う姿は、見ようによってはカッコよく見えるものらしい。

なので、税務署員と女性銀行員がコンパをするということも珍しくないし、結婚することも時々ある。

不謹慎にも調査官の中には、この銀行調査の際に、合コンの約束を取り付ける者もいるのだ。


が、翼はこの銀行調査が苦手だった。

というのも、銀行員の窓口の女性が、どうしても、翼が税務署の調査官であることを信じてくれないのだ。

税務署の調査官が、銀行調査をする際、まず最初に窓口で身分証を見せて銀行調査に来たことを告げる。

しかし、翼が銀行の窓口で、「税務署から税務調査に来ました」と言っても、女性銀行員はまず間違いなく聞き返してくる。

「今、なんとおっしゃいました？」

「だから、税務署から税務調査に来ました！」

すると、女性銀行員は、翼を上から下まで眺めまわし、怪訝《けげん》そうな顔をして、「ちょっとお待ちください」と言う。そして、上司らしき人に、こそこそ告げ口するような様子で報告する。上司らしき人と、女性銀行員はチラチラ翼の方を見ながら、しばらく何やら話し合い、おもむろに上司らしき人がやって来る。

「税務調査で来られたんですか？　身分証をもう一度、見せていただけますか？」

（身分証を二回も見せろって、失礼じゃない？）

そう思いながらも、身分証を見せる。

その上司らしき人物は、まるで偽札でもチェックするように、虫眼鏡でも出しそうなイキオイで、穴があくほど身分証を観察する。

そして、ようやく「どうぞ、こちらへ」ということになるのだ。

それでも、翼に対する銀行の不躾《ぶしつけ》な扱いは終わらない。

先ほども触れたように女性銀行員にとって、男性調査官はある意味あこがれの存在だが、女性調査官は仕事の邪魔でしかない。

だから、案内を担当する女性銀行員は、翼に対して「面倒くさい」という態度に出るのだ。翼が、幼く見えるので、なめているということもある。「税務署の研修生」もしくは「調査官の見習いさん」的な扱いをするのだ。

翼は、この辛い銀行調査を、頑張ってこなした。

熊野工務店の事務所があった周辺や、経営者の元自宅の周辺の銀行を隈なく回り、関係する預金口座を洗いざらい調べたのだ。

経営者とその家族名義の預金口座が、十数件見つかった。その一つ一つを、今も取引がないかどうかを確認した。

すると、経営者の長女名義の預金口座の一つで、現在でも入出金が行われていることが判明した。そして、預金の引き出し場所を調べると、隣県の端にある街のATMが使われていることがわかった。

ここに住んでいるのかも……

翼は、その街の市役所に問い合わせてみた。

普通、市町村役場は、個人情報保護法があるので、税務署といえども、誰がどこに住んでいるかどうかをすぐに教えてくれたりはしない。

しかし、市町村役場と税務署は、市民税の情報を共有しているので、お互い、税に関する情報は教え合うという取り決めになっているのだ。住民税というのは、所得税のデータを元に課税される。所得税のデータは税務署が持っているので、市町村役場は、そのデータを融通してもらうことになっている。

これは、法律で決められていることである。

つまり税務署と市町村役場は、所得税、住民税のデータを共有し合っているので、住民について、それぞれが得た情報も、融通し合うという了解があるのだ。

「●●さんの課税情報を教えてほしい」ということを税務署が市役所に尋ねれば、市役所側は「●●さんは納税額●●円です」とか「●●さんは納税額はありません」というふうに答えてくれるのだ。

「居住されています」

市役所の職員が事務的に答えた。

熊野工務店の元経営者は、現在は日雇いの仕事をしており、わずかながらに市民税の支払いがあった。そのため市役所は、元経営者の情報を保有していたのだ。

ついに、元経営者の居場所を突き止めたのである。

これで架空経費の証拠を摑むことができる！

翼は、さっそく、元経営者の自宅に行った。

チャイムを何度か鳴らしても、誰も出てこない。

借金取りを警戒しているのか。

仕方なく元経営者の家の玄関が見えるところに、車を止め、車内で誰かの帰りを待った。夜七時ごろ、娘らしき女子高生が帰宅してきた。翼は、その女子高生を呼びとめた。

「熊野さんですか？」

女子高生は、「やばい」というような顔をして、慌てて家の中に入ろうとした。

「待って。借金取りとかじゃないから」

女子高生は、怪訝そうな顔で、翼を見た。

「ちょっとお父さんに話があって来たんです。借金の取り立てとかでは全然ないから本当に。お父さんはいつ帰ってくるの？」

女子高生は、翼が、自分と同じ年恰好《かっこう》に見えたので、少し気を許したのか「父になんの用ですか？」と口を開いた。

「私は、税務署の調査官です。でも、税金の取り立てとかじゃないんです。お父さんの事業のことで、どうしても聞きたいことがあって。お父さんが不利になったりとかそういうことは絶対にないので」

女子高生は、よくわからない、という顔をしたが、警戒の表情を解いてはいなかった。

「お父さんの会社の名前を悪用して、脱税をしている人がいるんです。それは、嘘だということを、確かめたくて、お父さんに話を聞きたいんです」

女子高生は、思わず大声で言った。

「お父さんは脱税なんかしてません」

「もちろん、わかっているわ。だから、そうじゃないということを確認するために、ここに来たの」

女子高生は、しばらく考え込んでから、おもむろに携帯電話を取り出した。

「お父さん、なんか、税務署の調査官とかいう人が来て、何かおかしなことを言っているの。お父さんの会社を使って脱税をしている人がいるって。何か確認したいらしいの」

「うん。その人もそう言っている。だから、それを確かめたいらしいの」

「なんか、お父さんと話をするまで帰らない感じ」

「大丈夫と思う」


しばらくして、女子高生は携帯を翼に渡した。

「父です」

翼は、女子高生に目配せで「ありがとう」と合図して、携帯を受け取った。

「もしもし、こちらは南町税務署の岸本翼と申します。突然、お邪魔して申し訳ありません。熊野さんの経営されていた熊野工務店の取引の件でお伺いしたいことがあります」

電話口で、熊野は緊張しているのか、警戒しているのか、なかなか返答をしてくれない。翼は、構わず続けた。

「熊野工務店が事業をやめたのは、二〇一二年の八月ごろですよね？」

「はい、そうです」

と小さな声が聞こえた。

「その後、どこかの会社と取引をしたり、どこかの会社から仕事を引き受けたりというようなことはありませんか？」

「そういうことはありません」

「実は、一二年九月に松本興業から熊野工務店に五百万円の支払いがあったことになっているんです。この支払いは、熊野さんは受けていませんか？」

「九月は借金取りに追われて仕事どころじゃないし、五百万円なんてもらっていません。そんなお金があったなら、こんなことにはなっていません」

「九月は、もう会社自体が動いていなかったんですね」

「はい、そうです。会社には誰もいなかったはずです」

「それを証明するようなものって、何かありますか？」

「夜逃げしたとき、引越し屋を使ったので、そこに問い合わせればわかると思います」

「ありがとうございます！」

ついに、脱税の証拠を摑んだ！

香野税理士の尻尾をついに摑むことができた！

翼は、喜び勇んで統括官に報告した。

統括官は、「本当か」と目を丸くした。

夜逃げした経営者の居場所を突き止めるなんて、これまでの税務調査の常識では考えられないことだった。

夜逃げした者の居場所を突き止めるのは、現在は個人情報保護法があるので「普通の方法」で捜し出すのは事実上、不可能である。しかも税務署の調査官は、ノルマに追われているので、一件の事案にそこまで時間をかけることができない。

だから、調査官たちで、これに挑んだものはほとんどいないのだ。しかし、翼はその大きなハードルを越えたのだ。

今まで、散々、手こずらされて、煮え湯を飲まされ続けた香野をこれで押さえることができる!

翼の快挙はすぐに周囲に広まった。

署内全体が、興奮した。

三件同時調査という大作戦でさえ失敗した、あの憎き香野税理士をついに摘発できるのだ。

翼は、さっそく、松本興業の社長のところに行った。

翼が「熊野さんに会ってきました」と言うと社長は、非常にわかりやすく動揺した。社長は押し黙ったまま、マンガのように脂汗を流していた。

「あの経費は、架空の経費ですよね？」

社長は、答えなかった。

「往生際が悪いですよ！　もう認めてください」

社長は「まだつながらないのか？」と傍《そば》にいる女子事務員に声を荒らげた。香野税理士に連絡を取ろうとしているらしい。

そのとき、社長の携帯が鳴った。

社長は、携帯の画面表示を見て、ほっと安堵したような顔をした。

「あ、松本です」

「そうなんです。税務署の岸本さんが急に来られまして、熊野工務店の社長と会ったそうなんですよ」

「ええ、ええ。はい……はい……」

香野が電話で何かを指示しているらしい。

しかし、いくら香野でも、これだけ明白に脱税の証拠を突きつけられれば、もう打つ手はないはずだ。

すると社長が、携帯を翼に差し出した。

「香野さんが話したいそうです」

「もしもし、岸本です」

「あ、香野です。お久しぶりです」

香野は、追い詰められているはずだが、いつもと変わらないとぼけた口調だった。

「岸本です。実は、熊野さんに会ってお話を聞いてきたんですよ、それで」

翼が状況を説明しようとすると香野がさえぎった。

「岸本さん、その取引については、私が携わっておりますので、社長さんは詳しいことは知りません。だから、詳しい説明は私がします。でも私は、今日と明日、どうしてもはずせない用件があるんですよ。だから明後日、その件の説明に税務署に伺います。それでいいですか？」

香野は、この「脱税取引」の責任は自分が引き受けるということらしい。

明後日まで待つということが、ちょっと気にかかったが、反対する理由もない。翼は「わかりました。では明後日、税務署でお待ちしています」と答えた。

第八章　脱税請負人の正体

二日後。

香野税理士との約束の日である。

翼はいつものように時間ギリギリに税務署にすべり込んだ。

税務署では新米調査官は早く来て、職場全員のお茶をいれなくてはならない、という暗黙のルールがある。翼は二年目なので、本来ならば、お茶をいれるために早く出勤しなければならないはずだった。

しかし、彼女は、一年目からどうしても遅刻ギリギリにしか出勤できなかった。何度、怒られても、その癖は直らなかったので、先輩たちも匙《さじ》を投げ、翼はお茶くみの役目をいつの間にか免じられることになっていた。その代わり、夕方の片付けを翼が一手に引き受けている。

翼が自分の机に座ると、周囲の様子が何かおかしい。

脱税の端緒を摑み、ようやくモンセンを追い詰める用意ができて、本来なら活気づいているはずだ。

なのに、署内全体に何かどんよりと沈んだ空気が、立ち込めているのだ。

そして、特別調査班の誰もが翼と目を合わせようとしない。

（何？　何？　どうしたの？）

その空気に耐えられず、翼は隣の横田に声をかけた。

「先輩、何かあったんですか？」

横田は、「俺は何も言えない」というように、首を振った。

それを見ていた広瀬上席が、翼に顎で指した。

「統括官が呼んでるよ」

翼が、渋沢統括官のところに行くと、統括官は苦虫を百匹くらい嚙みつぶしたような顔で言った。

「調査は中止だ」

翼は、一瞬、何を言われているのかわからなかった。

「えっ？　言われている意味がわかりません。もう一回、言ってください」

渋沢統括官は、怒り気味に声を張って再度言った。

「調査は中止しろ！」

翼は、それでも意味がわからなかった。

（どうして、税務調査を中止しなくてはならないの？　やっと、モンセンの尻尾を捕まえかかっているんじゃない？　今からが勝負でしょう？　なぜ？）

翼の混乱した表情を見て、渋沢統括官は翼の前に回覧文書をポンとほうった。

それは今日の新聞の記事がコピーされたものだ。

「行き過ぎた税務調査〜一人の税理士に三件同時調査〜」

という文字が躍っていた。

記事の内容は、この前の三件同時調査を告発した内容だった。

〈南町税務署、北町税務署が、一人の税理士に対し、異常に集中的に税務調査を行っていることが、本紙の取材で明らかになった。その税理士とは、北町税務署管内に事務所を構える香野信税理士（38）。香野税理士の顧問先には、この1年間だけで23件もの税務調査が行われ、そのうちの12件が現況調査と呼ばれる抜き打ち調査だった。しかも、さる6月8日には、3件同時に抜き打ち調査があった。一人の税理士にこれほど集中的に税務調査が行われるのは、極めて異常なことである。

香野税理士は適正な申告を行う税理士として知られており、これほど税務調査が行われているにもかかわらず、税務署から不正や追徴税を指摘されたことはほとんどない。香野税理士は、税務署に対して歯にきぬを着せぬ物言いをすると言われ、それが税務署の反感を買ったのではないか、と指摘する関係者もいる。

しかし、もし税務署に物を言う税理士に対し、税務署が嫌がらせのような税務調査を繰り返しているのであれば、まるで江戸時代の悪代官のようなものであり、許し難い行為なのではないか。

この件に関し、本紙が南町税務署、北町税務署に取材を試みたところ、両署とも「税務調査に関することは守秘義務があるので回答できない」という回答があるのみだった。〉

翼が記事を読み終わると、渋沢統括官がいまいましそうに口を開いた。

「さっき、国税庁の幹部から電話がかかってきて、特段の事情のために、香野税理士の税務調査は当分の間控えてくれだと。国税庁からの直々の指示だから、こっちは従わざるを得ない」

「ど、ど、どういうことなんですか？　あともう一歩で、あいつを追い詰めることができるんですよ。新聞に書かれたくらいで、ひるむんですか？　あいつの脱税を暴けば、どっちが正しいことをしているかわかるはずです」

「今、あいつを下手に刺激して、また別のスキャンダルをばらされたりしたら、大変なことになりかねない。あいつは、国税局の総務にもいたことがある人間だ。国税局の恥部はいくらでも握っているんだ」

「だからって」

「君は、まだよくわからないと思うが、我々は、マスコミに非常に弱いんだよ。こういうことを書かれれば、納税者はたちまち我々に非協力になる。税務調査はおろか、税金の収納さえ、ままならなくなるんだ」

　翼は、言葉に詰まった。

　それでも翼が何か言おうとすると、さらに渋沢統括官が続けた。

「市民から、あなたたちは弱いものをいじめている、などと文句を言われて、やりづらくなるんだよ。なんなら、総務で今日一日電話番をしてみるんだな。抗議の電話で総務は仕事にならないはずだ」

　確かにそうかもしれない。

「でも、なぜ今頃、こんな記事が出たんですか？」

「おそらく、あいつが自分で新聞記者にリークしたんだろう。あいつは局の広報課にいたこともあるから、懇意にしている新聞記者もいるはずだ」

「汚い」

「あいつも追い詰められていたんだろう。奥の手を出してきたんだから。君があいつをそこまで追い込んだんだから、大したものだよ」

　その言葉が終わらないうちに、翼は渋沢統括官の机をドンと一回たたき、ミニスカートのすそを翻して駆け出した。

「どこへ行く？」

　渋沢統括官が慌てて引き留めようとしたが、翼はすでに税務署の玄関付近に達していた。

「あいつのところです」

と大声で返した。

「あいつのところへ行ってどうするんだ！」

渋沢統括官が叫んだが、すでに翼には届いていなかった。

相棒の軽自動車をブッ飛ばして、香野の事務所に乗り込んだ。

翼が、乱暴にドアを開けると、香野は三十前後くらいの清楚な感じの女性職員と軽く笑いながら何か話していた。

それを見て、翼の怒りは、頂点に達した。

「香野さん、汚いじゃないですか！」

「おや、南町の鬼姫さま。何か御用ですか？」

「とぼけないで！」

香野は、翼の激高を半笑いしながら見ていた。

「何をそんなに怒っているんですか？　招かれざる客ですが、せっかくだから応接室にどうぞ」

翼は、女性職員に応接室に通され、ソファに座らせられた。

女性職員はお茶を持ってきて、にっこりと笑った。

「香野は、もうすぐ来ます。しばらくお待ちください」

それを見ると、翼の怒りはますます膨張していく気がした。

香野を待っている時間が非常に長い気がした。

「今回の調査は残念だったね」

香野が、皮肉っぽく笑いながら、応接室に入ってきた。

「残念って。あなたのせいでしょう？」

「なんのことか、言われている意味がさっぱりわかりません」

香野は芝居がかった感じで言った。自分がマスコミにリークしたことを隠すつもりはないらしい。

「私は、あなたが巧妙な手口を使って、税務署の網を潜り抜けていることに、ちょっと尊敬もしていました。悪いことをしているけれど、これほど税務を研究して、これほど工夫をしている人は、今まで見たことなかったから」

香野は、笑みを浮かべつつも返答はしなかった。

それを見て、翼はさらに怒りが込み上げてきた。

「なぜ、正々堂々と私と勝負しなかったんですか？　私に負けるのが怖かったんでしょう？」

「私は、別に勝ち負けとかそういうのはどうでもいいんです。あなたと智恵比べゲームをしているつもりもない。単に税理士として、顧客の利益を守るという職務をまっとうしただけ」

「その智恵をどうして、正しいことに使わないんですか？」

翼は、なぜか非常に切なくなってきて、思わず涙が出てきた。

これには翼自身がもっとも驚いた。

（なぜ涙？　なぜここで涙？）

翼は、国税に入って以来、人前で涙を流したことなどなかった。

翼の涙を見て、香野から茶化す表情が消えた。

そして、翼がこれまで見たことのない真剣な表情をして言った。

「正しいことって、なんだと岸本さんは思いますか？」

「えーっ」

翼は、涙が出たことが恥ずかしくて、それを誤魔化すことに精いっぱいだった。

「正しいことって、税務行政で言うなら、納税者が正しい税務申告をするよう促すことじゃないですか？」

涙声にならないように、喉から絞り出すように答えた。

「でも、みんなが正しい税務申告をすれば、あなた方は困るでしょう？」

「困るっていうか、仕事は減ると思います」

「本当は困るでしょう？　実際、あなたは税務調査がうまいということで、評価されているんでしょう？」

「みんなが適正に申告をするようになったら、税務調査以外の仕事を頑張ります」

「今の税務署で、それができますか？　追徴税を取ることだけが偉いという価値観の今の税務署で」

翼は答えに窮した。

「もう少し、税務署や税金のことをいろいろ知った方がいい。あなたは調査はうまいけれど、まだ世間や税務署のことをあまり知らない。ちゃんと現実を知る必要がある。その上で、自分が何をすればいいのか考えてください」

「どういう意味ですか？」

「あなたはまだ税務署の本当の汚い面を知らない」

「何が？　抜き打ち調査をしてること？　ノルマがあること？」

「それだけじゃない」

「じゃあ、なんですか？」

少し考えて、言葉を選びながら香野がゆっくり言った。

「あなたは、マルサが大企業に一度も入ったことがないことを知っていますか？」

「えっ」

「マルサは、巨悪を懲らしめるなんて吹聴しているけれど、資本金が一億円以上の企業を調査したことはない。これは税務署の中でも、知らない人が多いことです」

それは翼も知らないことだった。

マルサというのは、国税の中の最強部隊であり「国税の正義」の象徴でもあった。マルサにはタブーはないと言われ、政治家でさえ、マルサを恐れると言われていた。

翼は、それをしっかり信じていた。翼が税務調査の仕事に少なからず誇りを持っているのも、それをよりどころにしていたからだ。

そのマルサが、実は大企業には一度も入ったことがない⁉

にわかには信じられないことだった。

「それはいろいろ理由があるんじゃ……」

「もちろん、理由はある。後から取ってつけた理由がね。でもこれだけ大企業があるのに、一社もマルサの調査を受けたことがないって明らかに不自然だと思いませんか？」

翼には返す言葉がなかった。

追い打ちをかけるように香野は続けた。

「大企業の税金は、様々な抜け穴があって、実質的な負担割合は、中小企業よりもはるかに低いことを知っていますか？」

「大企業の株主の配当収入にかかる税率は、新米調査官のあなたの払っている税率よりも低いことを知っていますか？」

「にもかかわらず、あなたたちは、中小企業や低所得者から、さらに追徴税を搾り取るようなことをしているんですよ」

たたみかけるように、香野が言った。

翼にとっては、初めて聞くことばかりで、しかも耳を塞ぎたくなるようなことばかりだった。

　少し間をおいて、香野は翼に諭すような口調で言った。

「国税庁が、庁全体で不正経理をしていることは知っていますか？」

「いえ」

　翼は小声で答えるのがやっとだった。

　確かに、翼には、知らないことが多すぎた。

　でも、でも……

「もし税務署がそんなに汚いんだったら、税務署の中にいて自分が変えていけばいいじゃないですか？　あなたはそれができずに逃げたんでしょう？」

「税務署の中にいて、税務署を変えることができますか？」

「だからって脱税請負人になってどうするの？」

　翼が涙声でそう言うと、香野はいつものとぼけた表情に戻った。

「脱税請負人なんて失礼なことを言わないでください。私はれっきとした税理士で、中小企業の味方をしているだけです」

　翼は、香野の言っていることが、にわかには信じられなかった。税務大学校ではこんなことは習わなかったし、税務署の上司や先輩も教えてくれはしなかった。

でも、それは翼が、あえて知ろうとしてこなかった事柄でもあった。

「自分のやっていることは世の中の役に立っているはず」

と信じ込み、本当にそうかどうか自分で追究したことなどはなかった。

香野は、そういう自分にとって都合の悪い事実を、真摯に見つめ、苦しんでいたのだ。

でも、でも、だからって、なぜ脱税請負人になんか……

そういうことを数秒間で、ぐるぐる考えているうちに、途轍《とてつ》もなく激しい感情が胸の奥から、うねるように巻き上がってきた。

「香野さん……」

「まだ何か？」

「どんな理由をつけたって、あなたがやっていることはただの脱税ほう助です」

「だから私はただの税理士で」

香野の言葉をさえぎって翼は続けた。

「そんなおとぼけはもういらないです。やっぱりあなたもおじさんですね、面白くないことをいつまでも言う」

「別に私は面白いことを言うつもりじゃ……」

「私はある部分、あなたを尊敬しています。とても頭がいいし、研究心もおありになる。そして世の中のこともきちんと考えている」

翼は、混乱する思考を必死に整理して、どうにかして言葉を絞り出した。翼の異様な目の光に、香野は押し黙った。

「税務署は腐りきって、到底、内部からは変えられない、それが事実としましょう。政治も社会も矛盾に満ちているとしましょう。でも、でも、じゃあ、あなたは何をやっているんですか？　不正にまみれた世の中だから自分も不正を犯していいと？」

「あなたは自殺された同僚の敵をとっているつもりかもしれません」

その言葉に、香野は誰の目にもわかるほど怒りの表情を現した。それまで見たことがないような香野の動揺だった。「それ以上、その話はするな」という殺気さえ発した。ああ、やっぱりそうだったのか……

が、翼はそれに気づかないふりをして続けた。

「でも自殺された同僚の方は、今のあなたを見て本当に喜んでいると思われますか？

税務署の内部にいては何も変わらないから野に下ったというのなら、野に下って、あなたは何をしているのですか？」

「本当に自殺された同僚の方の無念をはらしたいのであれば、あなたにはもっと他にしなければならないことがあるはずです」

翼は、絶対に勝てるはずがない相手にやみくもに腕を振り回すように、無我夢中にしゃべり続けた。

ふと気づくと香野は、ノックアウト寸前でコーナーにへたり込んだボクサーのように、がっくりとうなだれていた。隠す余裕さえないほど、へこんでいる。

どんな状況でも鋼鉄の鎧《よろい》をまとっているいつもの香野は、そこにはいなかった。

あの怪物税理士をやり込めたはずなのに、香野の姿を見ると得体の知れない巨大な悲しみが、翼を襲った。後悔でもなく、同情でもなく。わけがわからないけれど、無性に悲しかった。

翼はそれ以上、言葉が出なくなった。

沈黙が一、二分ほど続いただろうか。

翼はなぜか気が遠くなり、これは夢なんじゃないかとも思った。

「帰っていただけますか」

香野が絞り出すように言った。

翼はそこから先のことは覚えていない。

気が付いたら税務署の自分の机で、頬杖をついていた。


翼が、香野の事務所を電撃訪問したことについて、渋谷統括官や先輩たちは何も言わなかった。統括官の指示に逆らった行動なので、本来は叱責されて当然だった。が、署に戻ってきた翼の茫然《ぼうぜん》自失ぶりを見ると、誰も何も言えなかったのだ。

調査が失敗に終わったことで落ち込んでいると、みな思っているようだった。しかし、そうではなかった。

調査の失敗自体は、なぜかほとんど気にならなくなっていた。

それよりも、香野の言ったことが、後から後からボディーブローのように効いてきたのだ。


マルサは大企業には入ったことがない……

大企業の株主の税率は普通のサラリーマンより低い……

国税庁は組織的に不正をしている……


本当のことなのだろうか？

ネットや関連書籍などで調べてみた。

確かに、大企業にマルサが入らないのも、大企業の株主の税率がサラリーマンより低いのも、真実のようである。

また国税庁が組織的に不正経理をしていることは、実は翼も以前に噂で聞いたことがあった。これは今の段階では確かめようがないが、あれほど香野が自信を持って言うのだから、おそらく事実だろう。

香野に対して脱税請負人をしていることを非難したが、では自分のやっている仕事は一体なんなのか？

翼は、強い使命感を持ってこの仕事をしているわけではなかった。家庭の事情などから選択肢が限られていたので、あまり深く考えずにこの仕事に就いていた。

が、それでも、自分のやっていることは国民のためになっていると信じていた。少なくとも無駄なことではない、世の中のためになっているのだ、と。

しかし、本当にそうなのか？

もしかしたら自分たちには他人の不正を暴く権利などないのかもしれない。そして、香野はそのことと真剣に向き合い、苦しんできたのだ。

翼が国税に就職するとき、叔父が決して喜ばなかった理由が、はっきりわかってきた気がした。おそらく叔父も香野と同じように、苦しんできたのだ。そして叔父は、香野のように野に下ることはできず、組織の中で耐え忍んできたのだ。


もやもやしたものを抱えながら数日過ごしていると、あるとき加藤上席からランチに誘われた。

翼と香野税理士との死闘は、税務署内では知らぬ者はなく、その後の翼の落ち込み具合も、税務署全体で話題の種になっていた。

加藤上席も、翼のへこんだ様子を見かねたのだろう。

翼にとっては、思ってもない助け舟だった。

いま自分が悩んでいることは、税務署内の誰にも相談できなかった。

特別調査班のメンバーなどは、「自分たちは正義の味方」だと信じ込んでいる。そして、強固な〝税務署愛〟を持っている。税務署員の大半は、そうである。

だから香野税理士が言ったようなことを口走れば、強い拒否反応を示されるはずである。

が、加藤上席ならば、ちゃんと話を聞いてくれるような気がした。

「そっか、香野君はそういうことを言ったのね」

「はい」

「それで落ち込んでいるの？」

「はあ。なんだか、自分の仕事が意味のないもののように思われてきて」

翼は、そう言って視線を落とした。

食欲もないようで、翼が注文したオムライスはほんの少し削られただけで、ほぼ出てきたときの状態が保たれている。

加藤上席は少し笑いながら言った。

「あなたまで脱税請負人になるなんて言わないでね」

それを聞いて、翼も少し笑った。

「まさか、そんなことはありませんよ」

加藤上席は、ゆっくり言葉を選ぶように話し始めた。

「香野君が言ってたことは、たぶん全部事実だと思う。あなたもそのうちわかるようになると思うけど」

翼はハーッとため息をついた。

「やっぱりそうなんですか」

「そう。そして、大半の税務署員もそのことに薄々気づいているはずよ」

「だったら、なぜ？」

「それを答えるのはとても難しいんだけど」

しばらく沈黙があった。

「組織なんてこんなもの、仕事なんてこんなものだって、みんな自分を納得させているんじゃないのかな。そして耳に入れたくない情報はなるべく遮断して」

「そうなんですか」

翼が不服そうに言った。

「みんな自分の生活があるし、家族もいるし」

加藤上席が申し訳なさそうに言った。

「みんな？　ですか？」

「ほとんど〝みんな〟ね。たまに香野君のような税務署の仕事が嫌になってやめる人もいるし、税務署の中で声を上げる人もいる」

「声を上げる人？」

「そう。たまに上司に訴えたり、国税局の上層部に直訴するような人もいる。でも上司にしろ、国税局の上層部にしろ、組織を守ることが一番大事なことだから」

「それでどうなるんですか？」

「握りつぶされて終わり」

翼は「ひどい」と加藤上席に聞こえるか聞こえないかの小声でつぶやいた。

そして、失礼かとも思ったが、翼は思い切って聞いてみた。

「加藤上席はどう思われるんですか？」

加藤上席は、押し黙った。

しかし、それは痛いところを衝かれて沈黙したというより、ちゃんと答えようとして、懸命に考えているということが、翼にもはっきりわかった。

「いいことだとは思っていない。けれど、自分にはどうしようもできなかった……」

やっとそう答えると、加藤上席は目を伏せた。

翼は、なんだか申し訳ないような気がした。

しばらくして、加藤上席がおもむろに口を開いた。

「今までの税務署員が都合の悪いことに目をそらしてきたのは、翼ちゃんのような若い世代の人たちには申し訳ないと思うわ。私たちはどうしても、組織の壁を破ることができなかった」

「そんな。加藤上席たちのせいじゃないですよ」

「でも、もしかしたら翼ちゃんたちの世代ならば、壁を破ることができるかもしれない。翼ちゃんのように、頭が良くて仕事もできて行動力もある子たちが本気で頑張れば」

「そうでしょうか……今まで誰もできなかったんでしょう？　香野さんでさえ諦めてしまったのに」

「そうね。簡単なことではないわ。でもね、あなたならできそうな気がする」

「そんなこと言われても、私はそれほど使命感があって税務署に入ったわけでもありませんし」

「でも、都合の悪いことを見て見ぬふりをすることはできないんでしょう？　だから、今こうして悩んでいるんでしょう？」

「確かにそれはそうですけど」

「今は組織の不正をいつまでも隠しおおせる時代じゃないし。国税の将来のためにも、変えていく必要があるはずよ」

「でも、どうやって？」

「答えはないわ。今まで誰もやったことがないんですから」

翼は思わず苦笑いした。

「加藤さんは、私に一体何をしろと？」

「それは自分で考えて。どうすればいいのか私には考え付かないわ。そして翼ちゃんがやるべきことが見えてきたら、まず私に教えて。全力で応援するから」

「えっ」

翼がなおも当惑していると、加藤上席は翼の目をまっすぐ見て言った。

「わかった？」

エピローグ

翼の日常は大きく変わるようなことはなかった。

加藤上席から言われたことは、ずっと気にかかっており、というより、今の翼にとっては最大の命題となっていることなのだが、具体的に何をすればいいのかは見当もつかなかった。

が、一つだけ新しいことを始めた。

ネット上で、「税金に関する勉強会」のサイトを起ち《た》上げたのだ。

これは、税金に関する様々な情報を交換し合う交流サイトのようなもので、税務署員だけじゃなく、税理士や企業の会計担当者など、誰でも自由に参加できることになっていた。

いろんな立場の人に税金について自由に発信してもらい、「今の日本の税務の現状」

を知ろうと思ったのである。

そこから、自分は何をすればいいか、何ができるのかを探していこうということだ。

もちろん匿名で、である。

国税という組織はメディアに敏感であり、税務署員がSNSを開設することさえいい顔をしなかった。国税の情報を漏らされたり、内部告発的な書き込みをされたら困る、ということだ。

もし翼が本名で「税に関する勉強会」を起ち上げたとなると、それはすぐに国税幹部の知るところとなり、渋谷統括官が真っ青になって止めにくるはずだ。

香野税理士と対峙して、「自分には知らないことが多すぎる」と翼は痛感していた。だから何か行動を起こすよりも、まずは「いろんなことを知ること」から始めようと思ったのだ。

今の税務行政に不満、不信を持つ、税務署員や税務関係者はかなり多いらしく、翼の勉強会のサイトには、すぐにたくさんの意見や情報が寄せられるようになった。その中には、香野税理士バリに国税の暗部をさらすようなエグい内容もあった。

その一方で、翼は調査官としての仕事も、今まで以上に奮闘していた。

南町税務署は、地下アイドルの運営会社に大掛かりな税務調査を行い、大きな実績を挙げたが、これも翼が主導した事案なのである。

翼には地下アイドルをしている友達がいて、地下アイドルの運営会社の中には、女の子たちをただ働き同然でこき使い、チケットやグッズの販売にノルマを課したりしているものがあると聞いていたのだ。

翼も実際に地下アイドルのライブに行ったことがあるが、チケットは決して安くないのに、会場には老若の男性たちが充満し、争うようにして高額なグッズを買い求めていた。にもかかわらず、アイドルがもらえる報酬というのは微々たるものだったのである。

翼は例のように入念な内偵調査を行い、地下アイドルの運営会社の中でも特に悪質で、巨額の利益を上げているだろうものをピックアップした。

渋谷統括官や立花上席などは、「地下アイドルなどが儲かっているはずはない」と思い込んでおり、なかなか翼の調査提案に耳を貸さなかった。

が、翼が強引に説き伏せて、抜き打ち調査を行ったところ、不正が出るわ出るわで大騒ぎとなった。

結局、不正の額が税務署の特別調査班が扱える規模ではないことが判明し、マルサに引き継がれることになった。これは、税務署の特別調査班にとっては、最高の名誉だった。

「税金に関する勉強会」が盛況になっていくうちに、税務行政を巡る問題というのは、非常に根が深いものだとわかってきた。

国税庁だけの腐敗や不正というものではなく、もっと大きな官庁全体の構造上の問題があったのだ。

問題の核心は、「日本の官僚制度そのものにある」のではないか……

日本では、長い間、キャリア官僚という制度がある。これは国家公務員総合職（旧一種）試験という超難関の試験をクリアした一握りのエリート（通称キャリア官僚）が、官僚組織全体を牛耳るというものである。

キャリア官僚は、国家公務員全体の一割にも満たない。その少数のエリートが、日本の官庁全体に対して絶対的な権力を握っているのだ。

キャリア官僚以外のものは、幹部になることはできない。

たとえば、翼のようなノンキャリア官僚は、どんなに頑張っても定年までに税務署長になれるかどうかというところである。が、キャリア官僚は三十歳前後で税務署長クラスのポストに就く。仕事の業績はまったく関係なく、である。

キャリア官僚は、入庁した当初からエリートコースを歩むため、実際の行政の現場を知らない。末端の官僚たちがどういう仕事をしているのかなども把握できないのだ。だからノンキャリア官僚たちの「現場の意見」が、行政に反映されることはない。エリートたちの机上の論理だけで、国の行政が運営されているのだ。

税務署の中で、「追徴課税こそが命」という価値観がつくられたのも、現場を知らないキャリア官僚たちにわかりやすい実績をアピールしようとし、それがエスカレートしていったからである。

翼も、キャリア官僚制度のことはもちろん以前から知っており、異常なものだとは思っていたが、キャリア官僚の人とじかに接することはほとんどなかったので、その弊害を実感したことはなかった。

しかし、税務行政の矛盾や欠陥を突き詰めていくと、最終的にはこのキャリア制度の弊害に行き着く。

二十歳そこそこのときに受けた筆記試験にパスしたというだけで、生涯にわたって国の中枢を任せられるのである。常識的に見てどう考えてもおかしい。

このキャリア制度は、これまで幾度か世間の批判を浴びてきた。現在、このキャリア制度は、選考時に筆記試験以外の要素も加味するなど、若干の修正が加えられている。しかし、この試験にパスした者だけが、国の中枢に座るという異常性は維持されたままである。


この制度を変革するのは並大抵のことではない。

キャリア制度を抜本的に見直そうとした政治家は、これまで何人も登場し、その中には首相経験者などの有力者もいた。が、ことごとく謎の失脚をさせられている。

キャリア官僚というのは、予算、外交、司法など国の要諦を押さえているので、政治家といえどもそう簡単には太刀打《たちう》ちできないのだ。

「こんな闇があったのか……」

翼は、そのあまりの敵の大きさに嘆息した。

香野税理士が、内からの変革を諦めて脱税請負人に走ったのは、このためだったのか。

でも、闇の深さを知れば知るほど、「このままにしておいていいはずはない」という気持ちが膨らんできた。

「今すぐには無理だけど、いろいろ勉強して準備して、そのうち必ず……」

この作品は書き下ろしです。

ツバサの脱《だつ》税《ぜい》調《ちょう》査《さ》日《にっ》記《き》

大《おお》村《むら》大《おお》次《じ》郎《ろう》

平成31年4月10日　初版発行

発行人――石原正康
編集人――高部真人
発行所――株式会社幻冬舎
〒151-0051東京都渋谷区千駄ヶ谷4-9-7
電話　03(5411)6222(営業)
　　　03(5411)6211(編集)
　　振替00120-8-767643

印刷・製本―図書印刷株式会社

装丁者――高橋雅之

幻冬舎文庫

ISBN978-4-344-42851-5　C0193　お-55-1

幻冬舎ホームページアドレス　http://www.gentosha.co.jp/
この本に関するご意見・ご感想をメールでお寄せいただく場合は、
comment@gentosha.co.jpまで。